做一个不再倦怠的教师

张家海 著

民主与建设出版社
·北京·

图书在版编目 (CIP) 数据

做一个不再倦怠的教师 / 张家海著 . —北京：民主与建设出版社，2020.2
ISBN 978-7-5139-2946-2

Ⅰ. ①做… Ⅱ. ①张… Ⅲ. ①中国文学－当代文学－作品综合集 Ⅳ. ① I217.2

中国版本图书馆 CIP 数据核字（2020）第 033994 号

做一个不再倦怠的教师
ZUO YIGE BUZAI JUANDAI DE JIAOSHI

著　　者	张家海	
责任编辑	周佩芳	
主　　编	凌　翔	
封面设计	陈　姝	
出版发行	民主与建设出版社有限责任公司	
电　　话	（010）59417747　59419778	
社　　址	北京市海淀区西三环中路 10 号望海楼 E 座 7 层	
邮　　编	100142	
印　　刷	唐山楠萍印务有限公司	
版　　次	2020 年 7 月第 1 版	
印　　次	2020 年 7 月第 1 次印刷	
开　　本	710 毫米 ×1000 毫米　　1/16	
印　　张	15	
字　　数	200 千字	
书　　号	ISBN 978-7-5139-2946-2	
定　　价	49.80 元	

注：如有印、装质量问题，请与出版社联系。

名教师是写出来的
（代序）

　　如果问大家一个问题：当下，要成为一名优秀教师，可以有哪些成长路径？想必大家会说：拿得出教学成绩，当得好班主任，讲得出优质课，写得出教育文章……如数家珍，大家会说出很多路径。但是，我们对这些成长路径细致分析，不难发现它们都有一个必经之道——写。那么，一线教师为什么要写？怎样提高写的水平？如何运用一亩三分地开辟出写的试验田？

一线教师为什么要写

　　纵观全国上下一些知名教师，他们的成长经历都没有摆开一个"写"字。对比一下我们身边一些优秀教师，他们无不因为不会写、不爱写、不学写，最终出现了专业发展瓶颈。问题在哪里呢？

拿得出教学成绩的老师要写

在应试教育指挥棒下，"考试是法宝，分数是命根"，各地教育主管部门把教学质量放在重中之重，与年度考核挂钩，与评先表模挂钩。因此，一部分教师，就想尽一切可以想到的办法，调动一切可以调动的力量去探寻考试秘笈，去弄高分法宝。于是，学校领导，上级主管部门就会号召大家学习，这些优秀老师就会被要求传授教学经验。所以，他们就不得不写了。如果没有写的能力，这位优秀教师，最多只能停止在学校层面优秀，甚至说，他的优秀只能停留在教书匠层面。我们身边这样的教师不在少数，教学质量年年获一等奖，评先表模权重四十分年年拿满分，可就是难与名教师结缘。

当得好班主任的老师要写

班主任，是教育主管部门高度认可的育人岗位。对于一所学校来说，因为多方面因素，一些教师不愿意当班主任，一些教师不适合当班主任，一些教师当不好班主任，这就成全了一部分有育人情怀又有管理能力的教师。经过八年十年的磨砺，一部分班主任就成为当地家喻户晓的一块牌子。一谈到他或她，十里八里的乡亲都知道，他或她就成了一名优秀班主任。同样的，成为优秀班主任后，你得介绍管理经验，你得分享教育智慧，你得启迪辐射更多的教育同人，所以，你得把你所思所想所作所为写出来。如果缺乏写的能力，最多你的那个优秀班主任也只能停留在乡镇级、县级层面，甚至说，只能停留在"孩子王""管得住"层面。全国优秀班主任中，会写的成了名教师、特级教师，开专栏、出专著，不会写的昙花一现，三五年后销声匿迹。

讲得出优质课的老师要写

一堂好课，是一个教师的门面之一，是一个教师专业发展的根基。

虽然，一堂好课，没有最好，只有更好。但是，一堂优秀的公开课，依然有它最为基本的模样。可以说，一名一线教师，一辈子，几十年，都在为这一堂优质课努力不止。有不少教师就是靠一堂好课走向了优秀教师的行列。从辖区内渐渐走出辖区外，从县级走向市级，从市级走向省级，乃至最终走向全国。

同样地，我们依然能发现，这位老师的课离不开写的功夫——教学设计要写，说课要写，课后反思要写。如果不能写，别人不知道教学理念如何之新，教学思路如何之巧，教学智慧如何之高。一句话，只会教不会写的教师，他的课最终没有人认识它的价值所在，最终不会传播很远很高很广。最多，他就停留在市级层面，甚至说，他就停留一个教学能手层面，达不到专家型和卓越型境界。

写得出教育文章的老师要写

兴趣是最好的老师。不少对语言文字感兴趣的老师，就因为会写文章比谁都先"出名"，他们越写越感兴趣，越写水平越高。一些有思想的教师，通过反思，发现了教育写作对教师专业成长的价值和意义，因而他们积极主动去钻研教育写作，去尝试教育写作，从而在教、研、思、写、行方面，探寻到一条走向优秀教师甚至是名教师的成功之路。回头来看，这些会写的名教师们的其他功夫，多数名教师属于当地或学校中"既上得了厅堂，也下得了厨房"的多面手。会写，促进会研；会研，促进会做，会写的教师最终把思想转换成了教育生产力惠及更多人。

一线教师如何提高写的水平

不少一线教师一说起写就头疼。有人说，我就是写不好；有人说，我就是学不会。其实，他们说的都不是这么一回事，甚至觉得在自欺欺人——写不好？谁是一生下来就会写的？学不会？能告诉大家自己怎么学习写的吗？自费订阅了一份教育杂志吗？完整的收集过学校订阅的教育杂志吗？调查表明，一所60名教工的学校，每年报刊费不下两万元。可遗憾的是，不少学校的报刊杂志一发下来就被成沓成沓地扔进了废纸篓里。

要树立"我能写"信心

叶澜教授说过，一位教师写一辈子教案难以成为名师，但如果写三年反思则有可能成为名师。是的，写作并不完全是情商决定的，人人都能写，人人都能提高。一个有心人，读书多了，他就会感悟"这就是我的课堂发生的故事"，就会形成一种"原来文章还可以这样写"的自信，就会产生一种模仿写作的热情。趁热打铁，敲击键盘，敲着敲着，灵感就来了，洋洋洒洒文章初成。投着投着，他就成功了。一个单位总有那么一些另类，他们做了有心人，阅读了心仪文字后，他们把这些好文章"剪"了下来，"下载"到自己的博客或者空间里。他们把自己的课堂变成了尝试写作试验田，他们把那些一点一滴教育现场变成了他们键盘下的写作素材，写出了一篇篇教育论文、教育随笔、教育叙事。让更多人分享了他们的智慧，让更多人传播了他们的教育思想。他们也由此变优秀了，成名了。更重要的是，他们的教师专业获得了绿色生长，他们的精神和灵魂找到了最好的家园。

要找到"我会写"的方法

树立了自信，自然就会寻找方法，探求写的诀窍。这里，我可以信心十足地鼓励各位朋友：写作很简单，只需要做到"1、2、3"就行。

1.就是一个字——悟。说的再多，读的再多，不如自己一悟。教室里，每天都在发生一些类似的故事，可以多方面悟一悟：一悟教师的观察视角，二悟作者的教育困惑，三悟那时的教育机智，四悟事件相关的教育原则、规律和艺术，五悟文章的谋篇布局……一悟就通，一通百通。

2. 就是两个面——道和术。所谓道，就是道理、道法、观念、原则、规律等思想性、哲理性、艺术性的东西。所谓术，就是技术、手段、方法和技巧等程序性、操作性、实践性的东西。比如，文章的主题、理念、思想就是道"，文章的题材选取、谋篇布局、遣词造句就是术。写作时，道和术两方面，缺一不可。

3. 就是三步棋——找、品、仿。第一步是，找。愿意订阅一套喜欢的报刊杂志自然是好。不愿意订阅，可以在学校图书室、收发室里找一套完整的教育杂志，放在案头、床头或者沙发上。第二步是，品。认真细致、从头到尾、从标题到正文、从段落到语句，研究性的品读一篇最心仪的文章。第三步是，仿。仿，就是模仿。悟出一个写的好点子后，及时动手敲下自己那时那刻的所思所想所作所为，模仿敲出"似曾相识"的教育现场，模仿敲出一篇亲手打造的原创文章。

找、品、仿，三步棋走完，一篇文字就大功告成了。

要葆有"我想写"的原动力

认识写的重要性，掌握写的初步方法以后，接下来就要通过多种途径生发保持写作的内生动力。

制定规划，有志者事竟成。给自己制定一个写的规划，比如，学科论文、教育随笔、教学设计、教学反思等，给自己一学期一个具体目标。然后，积极探寻实现目标的方法和途径，不达目的不罢休。记得读大学时，我的一个规划是在地方报纸《三峡希望报》上发表文章。不久，我的散文《父亲，该有件新衣》真的见报了。步入讲台后，希望能在《三峡日报》的副刊发文，于是兼顾教育新闻和散文写作同时进行。虽然那些报道文字只是一些豆腐块，但却给了自己后来拿起笔杆子莫大的鼓励。

不久，我的散文《父亲的皮夹克》《土豆情结》《汽水饭》等又见报了。写作热情的逐渐高涨，写作原动力就会越来越强化巩固。

调整心态，天生我材必有用。值得注意的是，不管是什么写作高手、专家、作家，还是一般初学写作的人，都不能保证自己的每一篇文章都能发表。因此，要调整好心态，即使暂时不能发表，也不能就认为是自己的文章写得不好。这家杂志没采用，或许是主题、风格、字数、编辑的味口等原因。这时候不妨考虑另一家媒体试投，同时考虑下一篇素材收集和准备。发表，只是享受写作中的一种形式而已。还有一种写作享受，就是记录。当今时代或称为一个自媒体时代。自己记录可用的形式多种多样，如博客，QQ空间，微信公众号等都是记录和发布所见所闻所思所感所悟的大众化传播平台。一个有记录习惯的人，也会从中找到这样那样的写作乐趣。

广种博收，功夫不负有心人。教育写作的内容很广泛，除了教育教学论文之外，还可以写教育时评、读后感、随笔、叙事等等。素材来源不要局限在某一个领域里，写作文体也不要局限在纯粹的论文上。只要是有心人，我们自身的课堂就是一个永不枯竭的写作素材基地。此外，还可以关注和参与报刊杂志某个时段的话题征稿。这些征稿中提出的问题，都能很好地促进我们一线教师去思考，去落笔，去争鸣。

更退一步讲，一线教师写教学反思，写教学设计，写说课稿应该是人人都会的。我们可以把任教的学科的每一册的每一个章节内容写出来，形成一个教学设计系列、教学案例系列、说课稿系列、教学反思系列、课件系列等等。这对于自己专业成长来说，都是一件极其了不起的事儿。

一线教师如何开辟写的"试验田"

课堂、校园乃至大教育，都可以成为一线教师写作的素材。尤其是课堂，教室是我们永不枯竭的写作源泉。我们完完全全可以把它们变为研学做的试验田，尝试对教育的研究、实践、反思、提升、分享。

反思

反思什么？反思成功，反思灵感，反思艺术；反思失败，反思失误，反思不足，反思不当等等。总体来说，小的方面，需要反思我们的课堂一点一滴的发现和应对措施，反思我们每一个的教学环节的预设与生成，反思我们的作业布置量与质的统一，反思我们的课改实践行动，反思我们的办学行为，反思我们的师生关系处理，等等；大的方面，需要反思我们的课程意识，反思我们的教育理念，反思我们的教书育人职业道德，反思我们的教育良心，反思我们的教育良知等等。总之，反思就是提出问题，自问自究，反思就是微课题——自行设计探究计划，实施实验计划，得出实验结论，从而发现问题，找到解决问题的办法和举措，然后付诸行动。

实践

反思过后，初步找到问题原因，就会自觉付诸课改行动，这是难能可贵的。怕的是，明明是自己错了，还固执己见，一副师道尊严的架子始终放不下来。有的老师总是与学生发生冲突，别人为他悲哀，他却无动于衷，自以为是，单纯固执地认为现在的孩子任性，现在的学生不好教。他从来没有想到，孩子们不喜欢他，是不是他哪里做得不好？"我是为孩子们好"是自己的真心话吗？考虑过那样做真的是为孩子们好吗？当个人利益与集体利益、国家利益不一致的时候，自己的教学行为是围着部长转，还是围着家长转，抑或只是围着校长转？自己有没有底气大声说出来？有没有勇气坚持做下去？这些都需要真正的行动改变。

阅读

阅读是写作的平衡器，它与写作共同构成教师专业发展的一对翅膀。阅读丰富知识，拓宽视野，充实文化底蕴。一个爱写作的人，若没有阅读陪伴助力，他写出的东西就缺乏深度，读起来索然无味，写作源泉最终也会枯竭。教师阅读，不仅仅是阅读教材、教参和课程标准之类的"正书"，而是应多读一些与教学无关的闲书和杂书。多读一些闲书和杂书，不仅写作有了强而有力的理论支撑，更为重要的是，闲书和杂书丰厚了文化底蕴，给了我们一双发现美、感受美、传递美的眼睛，领我们去寻找源源不断的写作之源。

《为学》有曰：天下事有难易乎？为之，则难者亦易矣；不为，则易者亦难矣。人之为学有难易乎？学之，则难者亦易矣；不学，则易者亦难矣。教师的写作，不就是这样吗？

目 录

第一辑　迷路

教育的望远镜

　　课，该怎么上？这是每一位教师应该思考的问题。在当下这个大指挥棒、小指挥棒、长指挥棒、短指挥棒林立的教育时代，从某种程度上讲，上好一节课，也是令一些一线教师头疼的问题。

　　多年来，受利益驱动，语文、数学、外语等等这些"万足金""千足金"科目自然有各自的"取分之道"。那么，像生物学科这样的一门没有含金量的小学科又该怎么上呢？《中国民族教育》杂志 2016 年 6 月号"名师工作室"栏目上，生物特级教师冯永康老师给出了最好的回答：教学的真谛在于为了学生的终身发展。

　　教学的真谛在于为了学生的终身发展。这个观点或许在一些站在讲台上人看来，似乎显得有些高大上而不可及，甚至会有少数抓分手隐隐感觉出"假大空"而略显忽悠人的嫌疑。但是我要肯定地说，这才是一句教育真话——一位既有教育良心又有教育良知的教育人的教育箴言。简而言之，就是提醒我们每一位教育人：把教育的效果看得远些，再远些。

　　作为《中国民族教育》杂志当期的提问人，我对冯老师的回答产生了同行的共鸣。我坚信文中小林案例实际上就是冯老师的生物课堂的一个缩影。我也深知，即使在当下的高中学校，与一些大学科比较起来，生物课的含金量也不是"足金"的。但这丝毫没有影响冯老师生物课堂教学的着眼点——在冯老师眼里，始终有一缕余光朝着学生们的未来，在冯老师的内心深处，始终想着如何让学生走得更高更远。

一语点醒梦中人，冯老师让我更加坚信了自己的20年的教学路，更让我有勇气分享自己的教育故事。2015年的冬天，湖北宜昌的天气有些冷。为避免在读的孩子们遭受严寒，教育主管部门通知辖区内所有的中小学校都提前结束期末考试。

突如其来的提前，让很多一线教学的同人们有些措手不及。尤其是本人搞个什么"在好玩中好学"的教学尝试，平日里上课几乎都是围着学生转，对提前考试心里一点儿底也没有。

这下怎么办？平时不烧香，临时抱佛脚，明天就要考试了，现在连抱佛脚的机会都没了，拿什么应对全市统一组织的期末考试？考，考，考，那不成烤火吗？那时那刻，我打心里那个急啊！

第二天考试如期举行，一个星期后，考试结果正式发布了。那天下午，我正在忙着总结工作，校长带着满脸喜色来告诉我："八年级生物考的很好——258啊！""啊哈？真的吗？"我收到了意外的惊喜。"258"是我们这里打麻将的代名词。校长说的"258"，就是说我任教的三个班分别位居全市第2名、第5名和第8名。

我几乎不敢相信自己的耳朵。俗话说：种瓜得瓜，种豆得豆。说实话，班上平日一些边角料的时间都没有轮到我这个"豆芽"学科。这次全市60多个班级参加考试，获得这个"258"的考试结果，拿到以前我怎么也不会相信。

这些孩子们太乖了！欣慰之余开始念起小家伙们的好来。平日里上课的一些情境一幕幕浮现在我的眼前——

"老师，这节课内容看起来比较简单，可不可以让我们自学完成？"

"好啊，看看你们自学效果好，还是老师讲解效果好？"

"老师，这节课内容很多，您就直接给我们把重点勾画出来，然后让我们自己做练习吧？"

"行啊，直接勾画重点，我省了力气，你们也提高了效率，这不是更好么？"

"老师，我们要看视频！"都临近期末考试了，小琳又在下面叫喊：老师，您是骗子！您上次还欠我们几次视频没有放呢！"就是的，就是的！"几个毛孩子也在下面跟着起哄。

"看视频？没问题啊，好好听讲吧，老师今天带来了，一定补上！"课上完了，我会马上兑现自己的承诺，播放着孩子们说欠的视频——其实，就是《保护生物多样性》一节里的一个朱哲琴演唱的《一个真实的故事》。

"老师，我们好久没有做实验了，下节课做一做实验吧？"

"没问题啊，那就按照以前一样各自准备实验材料哦！"各小组很快剪出各种颜色正方形纸片，用一张桌面大小的背景布料包着交来我验收。一个"模拟动物的保护色"实验开始了。

每一次生物课前，班级里的一些孩子们总会根据他们的情况给我提出如何上课问题。

在我看来，好玩是孩子们的天性，好学是眼下成人们的强加的紧箍咒。每一年里都有一些令人惋惜的报道——成绩和分数让那些生物人，失去人样，变没了人性。能不能鱼和熊掌兼得——让孩子们自然生长？几年前，我提出"在好玩中好学"课堂教学的新设想，得到一届一届同学们的鼓掌拥护。这能行吗？

何为好玩？好玩当然不是完全放纵了学生天马行空地玩，自然是以教学目标为牛鼻子，顺着学生那时那刻的心境而好玩。我的课堂教学常常的做法是，课前先听取大多数同学的意见，征求本节课的学习办法。或是由我有针对性的讲授、点拨，或是由同学们自主学习、小组合作完成，反正一条，我这个老师始终围着学生转，他们说这节课怎么上就怎么上。

我的课堂45分钟时间安排很灵活，只要这节课教学目标内容完成了，我就给予他们奖励。我给的奖励当然不是物质上的奖励，依然是围着学生转：就着他们所需，可以随意支配剩余时间，或阅读课外书籍，或做其他科目作业，或练字撰文等等。只要大家觉得轻松、愉快、好玩就行。当然，我的课堂我做主，我自然不敢完全忘记我的"好学"任务在身。

何谓好学，好学就是学好，学好理当是学生的天职。不能一味地追求好玩，学生忘了天职，教师丢了本职，那可是无脸见江东父老。好学是好玩的终极目的，好玩只是好学的办法和途径。对于好学，我的做法是，对教学内容、当天的课堂节次以及上一节次所学学科进行综合考虑，有时候对教学内容进行前后整合，有时候将动手做、动耳听、动脑思考等适时调整，确保每一个学生在最佳的心境下参与到课堂学习活动中来。

因为学生是课堂的主人，有了选择权和决定权，他们心灵受到尊重而亲其师，信其道，因为有了听课学习后的"好玩"的"奖励"，大多数学生都积极参与到课堂中来了。学习态度促进了学习速度，学习速度催生了学习效度，大大提高了45分钟的教与学的效率，真正实现了课堂教学的高效。

前后一些小故事、小画面联系起来想想，难不成这次期末统一考试取得的"258"好成绩，就是我种瓜得瓜，种豆得豆换来的果实？我何尝不知道，孩子们的要求其实是很容易满足的，而我也仅仅是顺着他们好玩的意，"围着他们打转"而已。不过有一点我明白：就我自身做学生的感受而言，科任教师对我们的真好，内心深处都能切身感受到，甚至几十年后的今天依然像冯老师的学生小林一样清晰记得。

亲其师，信其道。那时那刻我似乎又一次感受到这句话的魔力——真的，关于教学过程与效果问题，我不知道可不可以这样归因呢？如果孩子们感受到了科任老师的真好，他们就会打心底里受到触动，然后就会佩服、效仿、追崇科任老师，他们学习的隐形效果是不是就落到一点一滴的行动之中了呢？再或许，他们头脑中留下的是科任老师的美好记忆，是不是最能唤起他们一个美好学习画面来呢？尤其是生物学科是活的，有了平日里一道道活学场景，难道还怕没有孩子们考试中的活用的灵感吗？

当然，这次考试的成功或许只是一次偶然而已。但是，我始终坚信种瓜得瓜、种豆得豆的道理。哪怕仅仅是这一次，只是对我给予的暂时回报，我依然用足教师的"一厘米主权"，坚持着我的"在好玩中好学"教学尝试。

课，该怎么上？没有含金量的生物课怎么上？我的观点基本明确——生物学教学，不仅要让学生学会，更要让学生会学；既要让学生学会生存，更要让学生学会生活。只有把教育的效果看得更远些，再远些，从学生的终身发展着眼，从生物学科的核心素养入手，才能最终接受学科教学的终极检验。

把教育的效果看得远些，再远些！新学年里我的课堂将继续围着学生转，让更多的学生"在好玩中好学"。我要把每一堂课上成让学生开心的课，让我的每一个课堂出现更多的笑脸，听到更多的笑声，给更多的学生留下更多的生物课堂故事，激励他们走得更远、飞得更高。

教师的空杯心

儿童节前夕，一位外省的文友给我发来一张图片。朋友告诉我，这是他们学校某处室印发的一封正要下发的家长邀请函。打印室印发时，一旁的他见了函件，总感觉函件上面的表述怪怪的，知道我平时爱咬文嚼字，便悄悄拍来与我探讨，看看这邀请函到底有没有问题。图片上显示正文内容是这样的：

邀 请 函

××× 家长：

您在 2017 年国际"六一"儿童节中，被评为"好家长"，邀请您 2017 年 5 月 31 日上午 9 时参加 ×× 街小学庆典活动。

××× 街小学

2017 年 5 月 28 日

作为该校一名教师，这位朋友说看着这样文字不通的函件发出去，他心里很不是滋味，因为这代表的是学校一个团队"知识分子""文化人"的水平啊！要不要指出来重新印制？朋友很纠结——毕竟，他只是一名普通教师，说出来会不会让部门负责人难堪呢？但是高手在民间啊，怎么能小看家长呢？若不指出来，万一让某"高手"家长看出来，不是丢了学校，包括自己在内的一介"知识分子""文化人"的脸面吗？家长把孩子放在学校来学知识、习文化，没想到为师者居然是这等知识水平和文化层次，那些家长们还能甘心让孩子们学下去吗？听了好友述说的情况后，我又默念一遍图片上的文字，很快感觉到这函件上的表述问题。

首先是存在逻辑问题。儿童节是孩子们的节日，与家长有何关系？为什么孩子们过儿童节却要评个"好家长"出来？其次，时间上也存在问题。既然说"在2017年六一儿童节中被评为好家长"了，怎么又还说"2017年5月31日上午9时参加庆典活动"呢？

几经询问才知个中原委。原来，学校准备借庆祝儿童节契机，表彰一批家庭教育出色、支持学校工作的好家长，要求各班根据家长们平时的表现推荐人选，由学校审核确定后下发邀请函，通知他们在5月31号来学校参加庆典活动。

弄清事情原委后，我尽快对邀请函提出了修改意见：

邀　请　函

×××家长：

经过班级推荐，学校考核，您被评为"2017年度好家长"。特邀您于2017年5月31日上午9时参加我校举办的六一儿童节庆典活动。

×××街小学

2017年5月28日

看了我发过去的文字，好友回复说：这嘛，才算是，贴切，通顺，明白。他表示要尊重事实，宁愿得罪自己人，也不要让外人对教师说三道四。后来的情况不得而知。

这件事让我思考一个问题：学校是什么？学校教育的职能是什么？教育无小事，学校教育往往就在一点一滴的细节中。可遗憾的是，在当下一些学校领导和教师眼里，学校似乎就是分数加工厂，好像除了好好考试、提高分数之外，其他一切都是次要的、可有可无的、甚至无关紧要的。

前不久，去一个学校听课。听说该校注重文化建设，笔者尤为认真学习了一番。值得肯定的是，这所学校既有文化积淀传承，又有文化与时俱进。校园里，教室里，的确向着"让每一面墙壁说话"方面在做。可令人遗憾的是，某些墙壁说话不够准确、抑或说着错误的话了。比如，在校园的一处醒目位置，本来八个字一组代表三个层面的24字社会主义核心价值观却被制作者分解为12字一组：

富强、民主、文明、和谐、自由、平等
公正、法治、爱国、敬业、诚信、友善

远远地分别位居于大楼的两侧。很显然，这是对于社会主义核心价值观缺乏深层次的认识，没有真正从三个层面去理解它的精神内涵。

再看该校的教室文化，讲台上方前面的墙壁上都贴上了《新中学生守则》。

《新中学生守则》
（2017年新编）

从表面上看，这个《守则》也好像没有什么问题。可再仔细阅读不难发现：咦！《新中学生守则》？教育部最近新颁发的只有中小学生通用的《中小学生守则》啊？怎么出现了《中学生守则》，难不成还有《小学生守则》一说吗？新编？言下之意还有旧版喽，那么在互联网＋背景下，对于学生而言，究竟按照新编还是旧版执行呢？

类似这些细节问题，在当下一些中小学校，在一些教育现场的确不是少见。之所以没能引起足够的重视，细想起来，原因是多方面的，有疲于应付事务、少于思考必要性的原因，有重考试分数提高绩效、轻核心素养发展的原因，有过于图安乐、少于忧患的原因。但笔者认为，更重要的是，一部分教师同人们缺乏一个重要东西——空杯心态。

什么叫空杯心态

空杯心态一词，之前听业内有人提到过，可惜当年未能引起我更多的思考和关注。前不久，在一次地市级名师、明星班主任培训班上，一位专家讲到核心素养背景下如何做教师时，又一次提起空杯心态这个词，不由得促使我拿出手机现学现卖百度了一回。

空杯心态，是心理学中的一种心理现象。什么叫空杯心态呢？据说源于一个故事。古时候一个佛学造诣很深的人，听说某个寺庙里有一位德高望重的老禅师，便去拜访。老禅师的徒弟接待他时，他态度傲慢，心想：我是佛学造诣很深的人，你算老几？后来老禅师十分恭敬地接待了他，并为他沏茶。可在倒水时，明明杯子已经满了，老禅师还不停地倒。一旁的拜访者不解地问："大师，为什么杯子已经满了，还要往里倒呢？"大师说："是啊，既然已经满了，干嘛还倒呢？"禅师的意思是，既然你已经很有学问了，干嘛还要到我这里求教？这就是空杯心态的起源。

人，只有人，才是有思想的动物。思想，是对客观事物的认识，再认识，再思考，再转化，再总结。思想改造，没有止境。因此，做人，即使做一个普通人，都要一直葆有空杯心态。唯有秉持空杯心态，才能促使我们不断成长，不断进步。回溯人类社会历史，古今中外的先辈们无不给我们留下诸多有关保持空杯心态的醒世名言和行动典范。

古希腊教育家苏格拉底说：我比别人知道得多的，不过是我知道自己的无知。

美国自然科学家威·罗杰斯说：每个人都是无知的，只是表现在不同的方面罢了。

孔子说：默而识之，学而不厌，诲人不倦，何有于我哉。

伟大领袖毛泽东说：虚心使人进步，骄傲使人落后。

《尚书》有曰：满招损，谦受益，时乃天道。

承认自己无知是求知的第一步。任何人，要想成长进步，都必须具有空杯心态。只有葆有空杯心态，活到老，学到老才可能真正发生；只有葆有空杯心态，我们的生活才可能，常过常新，多姿多彩。

求知识、干工作不能有一点成绩就沾沾自喜，成天躺在功劳簿上。一个简单的道理是，今天的成就不能代表明天的能力，明天的成就也不能代表后天的素养。从这个意义上讲，也许我们每天的工作，都是停留在一个新起点上。然而，也正因为每天有了新起点，才能促使我们更渴望到达下一个终点，才能让我们满怀信心，从零开始，把一切小成绩都抛到脑后，取得更多的大成就、大发展。

教师为什么需要空杯心态

有人说，在当下，如果是工作在体制内的教师，只要管得住学生、拿得出成绩、做得好分内事儿，就基本能够在一所学校立足了。是的，表面上看，短期内看，的确是这样的。做好分内事儿，终究有一口饭吃，并无下岗的危险。但是，如果较起真来拿到桌面上上纲上线，做一名称职的教师，做一名优秀教师，或是做一名卓越教师，我们确有很多分内事要做。教师是一个树人的职业，要树人，先得树己。要做好分内事儿，我们必须葆有一个空杯心态。

面对新杠杆称量，没有空杯心态，职业态度上就会守株待兔。一个人能上大学，只能说明自己适应高考这杆秤的称量。完成了大学学业，拿到毕业证书，也只能说明自己有过这一段高校学历，专业知识上达到了学分这杆秤的称量。走出大学校门，即使你带有满满一桶水，这一桶水只不过是具备从事教育工作的基础中的基础而已。说白了，也只不过是迈入了工作学校大门的门槛，只不过拥有了走进课堂的钥匙，只不过拿到了教书育人的基本工具。尤其在这个知识爆炸的时代，我们四年前的所学，或许已经远远不能适用于四年后的中小学小校教学的需要了。

纸上得来终觉浅，绝知此事要躬行。书本上的知识，毕竟是死的知识，能不能适应于活生生教学对象和课堂，还得看我们的学以致用能力。怎么使用这个工具，从让自己好好教，到让学生好好学，再到学校或者主管部门好好收成，这些光靠文凭或学历是不够的。这需要我们有一个空杯心态，重新开始学习——向教材和课标学习，向身边的榜样学习，向教育报刊杂志和书籍学习。

面对新对象考验，没有空杯心态，教学方法上就会刻舟求剑。任何事物都是在不断地发展变化着。作为教育者，我们面对的教育对象也在变化。想当年，没有电脑，没有网络，没有手机，没有高铁，多数学生处于封闭或半封闭状态。他们眼里只有黑板，手里只有课本，心里当然只有读书学习，他们当然视老师为权威，他们当然是您心目中的"听话的孩子"。

可是随着社会的发展，现如今，这些孩子是家中的小皇帝、小公主，什么好吃的、好喝的、好玩的、好穿的，应有尽有了。可是我们做老师的，如果那一桶水还是当年那一桶水，岂能满足他们的味口呢？再仅仅说教师职业是传道、授业、解惑，教师或许已经底气不足了，或许已经没了权威效应。这时候，我们还是老眼光、老理念、老办法应对他们，那不是"刻舟求剑"吗？

面对新课程改革，没有空杯心态，专业发展上就会缘木求鱼。二十年来，基础教育无不在进行着不断地变革，从教材到教科书，从大纲到课标，从教师中心到学生中心，从应试教育到素质教育，从素质教育到核心素养，从一支粉笔一堂课到电子白板、慕课、翻转课堂，等等，这一切的变革，不仅仅是词汇、称谓和教育技术上革新，更是教育思想和教育理念的突破。

面对这一系列改和变，我们当年的那一桶水已经没有营养价值了，甚至可以说已经变馊了。因此，我们必须葆有空杯心态，重新开始，重新盛满这一桶水。如果还在那里坐等观望，到头来，只能是错失良机，专业发展必然"缘木求鱼"，与世界教育隔绝，"不知有汉，无论魏晋。"

总而言之，一位称职的教师，只有葆有空杯心态，才能避免自以为是，消除狂妄自大，才能虚怀若谷，听得进建议，研得进教学，做得进学问，读得进书本，写得进文章。一年，两年，三年…由合格走向优秀，由优秀迈向卓越。

空杯心态下教师可有哪些作为

有人说，教师的任务就是把学生教好，我也认可这个观点。可是简单的"把学生教好"几个字做起来却不是那么简单，尤其是教育形式发展的今天，它隐含着对教师更高、更深层次的职业要求。其实，做一名合格教师，我们肩负的是立德树人的任务，我们不仅仅要努力完成自己的学科教学任务，更有责任履行立德树人职责，我们要关注全面教育和教育的全面。教师，不仅要做一名真正的知识分子，更重要的是，要做一名名副其实的文化人。这样说起来，一名教师需要做的分内的事还真的不少。

集一套完备的教学资源。一名步入讲台多年的一线教师，如果任教的学科相对稳定的话，应该经过了几轮循环的通关教学。经历了通关教学的教师，按照教学的备课、说课、上课、考试、教研、反思等环节基本要求，他们应该掌握了一套包含每一个章节的完整的学科教学资源。

这套教学资源可以是自己原创的，可以是同伴共享的，还可以是网络收集的。这套资源无论是放在自己电脑里，还是随身携带在 U 盘里，或是放在 QQ 空间、博客里，都能为自己教学提供基础性帮助。只要是人无我有，人有我精的教学资源，都是极其有价值的资源。我们不能小看这套教学资源，也不必纠结它的来源，因为它无论从哪一个角度上讲，都能彰显一个教师的有心。这个有心，除了细心、耐心以外，还包含了热心。这份热心，就是空杯心态。这样热心的教师，他富有理性思考，做事有规划，发展有蓝图，成长有路径。

上一堂开心的常规好课。让一名一线教师上一堂课，自然是不会成为问题的，但要上一堂让自己和学生都开心满意的好课，尤其是长期坚持朝着这个方向做，可不是一件简单的事。事在人为，任何事不存在难易之分。事实上很多教师都能做到这一点，很多教师也一直向着这个目标努力在做。那么，如何才能上一堂开心的好课呢？我认为，唯有时刻葆有空杯心态。

空杯心态会让我们养成勤于反思的习惯。无论是课前，课中，还是课后，多问几个是什么，多想几个为什么，多思考几个怎么办，积极地反思，就会让我们面前的教材变得灵动起来，我们眼里的学生就会变成可爱的课堂主人，我们的课堂气氛就不愁没有开心的浪花。

有了空杯心态，我们就会学会改与变——我们不再是一副高高在上的师道尊严架子放不下；我们不再是老想着那个该死的考试和分数；在分数镣铐下我们不会忘记"一厘米主权"；我们不再埋怨学生不听话………总之，我们的课堂充满的是开心的花朵。

写一篇优质的专业文章。有人认为，教师写文章是不务正业，但我却想告诉大家的是：写作是教师成长的必经之道，优秀教师是写出来的。无论你当得了班主任、拿得出教学成绩、上得了优质课，要想走向优秀，迈向卓越，向着可持续发展道路成长进步，都离不开写的功夫。

一个具有空杯心态的教师，总是有别人能写，我也能写的豪情壮志，默默地去模仿学习他人的文章。从标题到正文，从案例选材到结构安排，他们都自觉不自觉的从模仿开始。一个具有空杯心态的教师，尤其是热爱学习——向身边的榜样学习，走出去向专家名师学习，向报刊杂志上优秀作者们学习。他们学习之余，把自己课堂上所见所闻、所思所想、所困所惑都写了下来，敲成了 Word 文字。兴趣加上坚持，某一天，他们投出的文字变成了报刊杂志上的铅字。兴趣逐渐浓厚，写得一发不可收拾，他们渐渐走上了教—研—写—行的专业成长之路。

　　读一本心仪的教育专著。当今这个时代人们有些浮躁，读书似乎成了一件很奢侈的事儿。但是，对于一位具有空杯心态的教师，恰恰是他们的成长道路上教、研、写、行之后，顺理成章、志在必得的事儿。教、研、写、行之后，他们求书若渴，嗜读如命，读书成为他们的生活就像呼吸一样自然。正是这样的与众不同，他们获得百里挑一的专业发展机会。

　　一个爱读书的教师，就能与作者思想碰撞，就能与大师的精神相遇，就能积累丰厚的历史文化底蕴。教学、反思、写作、实践，渐渐地，他们脱颖而出，成为学科领域的行家里手，一步一步走向优秀，甚至迈向卓越。

　　作为一名教师，我们要学的东西实在是太多太多。只有葆有空杯心态，我们才可能读得进书，才可能研得进学问。那时候，我们的职业倦怠消除了，我们的生活常过常新了，我们的工作不是负担而是享受了。这不就是我们朝思暮想的幸福的教育人生吗？

教师的远视眼

暑假里一天，到学校去办完事回家，在班车上偶遇一名曾经教过的刚毕业的学生小东。相互寒暄过后，我招呼他坐在我的同座。

小东是我的 QQ 好友，平日里我们彼此无话不聊。所以，那天和我坐在一起，他没有半点拘谨。从一上车开始，他就滔滔不绝地和我讲着曾经班上发生的许多我不知道的趣事。

"张老师，您知不知道，那年英语 A 老师好几次要打小雯！"小东试探着问我。

"啊，要打小雯？！"我感到诧异："一个男老师怎么要打一个女学生？"

小东侧过脸，小声告诉我："您不知道啊，小雯和我们的班主任 B 老师关系很不一般，所以她就有些得势的样子。除了上语文课，别的课想怎么搞就怎么搞！有点什么呢？叫做……"他挠着脑袋使劲地想着一个词儿。

"有点儿有恃无恐！"我连忙接过话茬。

"对，对，对，有恃无恐，有恃无恐。"我们俩一起笑了起来。

接着，小东绘声绘色地讲述小雯在班上如何想问就问、想说就说、想来就来、想走就走——"有恃无恐"的一些行为。据小东说，好几次弄得 A 老师差点讲不下去，当着全班还批评过她，可她就是厚着脸皮不改。几次过后，班上同学们特别是那几个"学霸"们就开始讨厌她。

其实，小东说的"关系不一般"情况我何尝不知道呢？孩子们就知道，我这个科任老师能自欺欺人说不知道？但是，在孩子们面前我又何尝不想保留着为人师表的那一份尊严呢？我们身边的的确确有那么一些同人，有时候为了那么一点蝇头小利"遮了眼"。

俗话说：吃了的口软，得了的手软。对待那些关系户孩子，他们失去了灵魂，他们开始畏手畏脚，深也不好，浅也不好，最终弄得自己的工作一发不可收拾。

办公室里，有同行们常常发现一个细节。每逢放暑假、放寒假，一些往届毕业生就会回校来找他们最喜欢的老师。有的是来和昔日的老师叙叙旧，向老师汇报一些现在学校的学习生活；有的则是带着水果点心之类来感谢恩师，有的甚至细心到给老师买来"金嗓子喉宝"……

这一些看似小小的举动，在物质上虽值不了几何，但它却表达了学生浓浓的认可之心、真正的感激之情。对比之下，一向自认为班主任当得好，教学工作干的出色的某些老师，这时候他们反倒是门前冷落鞍马稀。

之所以出现上述这种反差局面，其实一点儿也不惊奇。试看他们平时的所作所为——有的一味的追名逐利，变着法子侵占学生利益；有的总是埋怨学生成天惹是生非，给他添了麻烦；有的当着甩手掌柜从不知学生冷暖疾苦；有的急功近利只顾自己教学绩效，根本不去考虑学生终身发展所需……总而言之，他们被眼前的功利得失弄得目光短浅，眼里看不见孩子，心里装不下学生。

爱因斯坦说过：使学生对教师尊敬的唯一源泉在于教师的德和才。衷心希望每一名教师，能以此为镜，照一照我们眼下身为人师的一言一行；更希望每一位同人，能以此为镜，眼光看的更长远些，别因小失大丢了为人师表的本来的东西。

教师的位置

一直以来，总感觉微信公众号里的文章大多有标题党之嫌，所以，一般不爱点击来历不明的文章链接，除非是报刊杂志的公众号推介文章。最近，在浏览公众号标题时，中国教师报上一篇题为《不要把教育"锁"在课堂里》的文章吸引了我的眼球。

这是一篇评论文字。对于评论文字，我有个习惯，不光看作者如何评，如何论，我还看他最终能否找到问题的"出口"——也就是说，能否提出解决问题的建设性意见和建议。说实话，《不要把教育"锁"在课堂里》一文没能真正找到理想的"出口"。

虽然有些空谈，但是对于作者文章的一些基本观点以及所发出的呼喊还是持赞成态度的。

他文中所言现象一点不假——学校资源闲着浪费的确是当下校园里的一个普遍问题。橱窗长期不更新内容，新闻变旧闻，学生兴趣大减；阅览室和图书馆无专人管理，尘埃堆积、蛛网密布，甚至成了杂物间；校史室、多功能室、录播室都只是在领导检查、节庆校庆时装点门面的花瓶。

一个耐人寻味的问题来了：为什么一些学校一方面喊资源配置、教学手段落后了，先进教育教学理念难以落实，可是另一方面，配置好的校园设施、教学仪器等又如此地不珍惜。根源究竟在哪里？此文作者一语道破了天机：根源在于人。一些人认为课堂之外没有教育；一些人看不到、也理解不了课堂之外有教育；一些人只顾自己那些"吹糠见米"的升学率、荣誉证和奖牌，忘了课堂之外的教育。

试想一下，当一所学校，教育仅仅被窄化为教学时，我们是不是该怀疑它存在的必要性呢？作为一所教书育人圣地的学校，是不是应该让学校的每一块墙壁都会说话，让校园的每一个角落都成为教育的所在？作为学校里的每一名教育人，是不是应该有这样的意识，并自觉自愿在行动中真正去落实？正如作者所言：千万不要说起来很美，做起来很难，最终还是把教育"锁"在了课堂，成为教育的一大遗憾。

俗话说：外来的和尚会念经。点赞支持的同时，我想用这样的思想文字去触击一下身边更多教育人的灵魂。于是我顺便把这篇文章转发到我的某某学科教学 QQ 群里。

转发后随即跟了一个帖子：试想一下，每一位教师都真正的做教育，而不是仍然仅仅在做教学，那，这个教育该多好啊！不知道是不是这句"该说不该说"的话，一下子让好几位"潜水"者浮出水来，昔日里一个死气沉沉很少冒泡儿的学科群一时间"沸腾"起来：

"你有教育部长的情怀，别期望那么高。都成了教育家了，谁来做教师？"群里一位知名人士阴阳怪气地提出了质疑。

"摆正自己的位置最重要！"另一位老师跟帖，泼来"冷水"，从文字后面附了一个"龇牙"表情符，不难嗅到话语中歉意的讥讽味。

"中国的教育就是专家太多了！"又一位教师直抒胸臆地吐槽。

……

很明显，这一条接一条的"炮轰"帖子系冲着笔者转发的那篇文章而来。一时间，我变得哑然无语，似乎失去了招架之力。经验告诉我，像这样带有火药味的争论出现时，没有必要继续进行下去——很多时候，即使赢了，也是输了。赢了面子，输了里子！那时那刻，我只好学做明智人，知错就改，不再发声了就是。

气出了，怒消了。群里似乎又回复到先前的那般风平浪静。但是那时那刻，我这一头的内心如波涛翻滚，始终难以平静下来——老师啊，为什么反省自己、改变自己就那么难？

"你有教育部长的情怀，别期望那么高，都成了教育家了，谁来做教师？""摆正自己的位置最重要！"……放下手机，坐在沙发上，群里几位同人的这几句话又在我耳边萦绕。被他们讽刺、挖苦倒是小事，令人费解的是，这些同人们怎么变得如此不可理喻？难道做教师的就不应该对自己的教育教学行为做一些必要的思考和尝试吗？难道让学校的每一块墙壁都会说话、让校园的每一个角落都成为教育的所在就只能是教育家的专利？难道作为一名教育教学专门人员的教师就没有责任、没有义务去落实真正的教育吗？

走进我们的一些教育现场，课时被挤占、课程被缩水、学时被无限延长等等围着一个"考"字做文章的现象依然不在少数。最常见的，教学研讨会开成考试质量分析会，组织者言必谈考试，参研者言必说分数；复习课教学竞赛全程被考点回顾、考点梳理、考点预测、解答技巧等等贯穿自始至终，好像复习课就是应考课似的；每每一开学，有些学校就开始抢跑了，赶进度、超进度、抢进度，期中考试一过，复习备战期末考试就纳入议事日程了。想一想这些所思所想、所作所为，不得不让人质疑：这还是学校，是教育吗？

我真的开始理解当下的教育改革之难。一些教育教学研究人员尚且如此，其他的普通教师固守着"教学"的工匠态度，不肯向真教育迈进一步也就不足为怪了。

"摆正自己的位置最重要！"我们每一名教师都应该思考一个问题：教师是一个什么位置？你的自身的位置摆正了没有？韩愈老夫子的"师者，所以传道、授业、解惑者也"一句话，你又是如何理解和与时俱进的呢？

我不敢恭维，当下一些教育同人们的看客心理——他们总认为：教育，是教育家的事，研究，是教育家的事，课怎么改，是教育家的事，课改得怎么样，是教育家的事……教师，也最多只能充当教研教改的看客！

"摆正自己的位置最重要！"那么请问教师：你的位置在哪里？敢于说出这句话，也就敢于做出一些反省。

当身边还有人对教育评价指手画脚时，你是否人云亦云跟着埋怨"指挥棒有问题""考评机制不合理"，把全部责任推到教育体制、顶层设计上呢？当有研究人员提出一项创新思想、推动教育教学改革时，你是从中受到启发，以一种积极求变的态度去思考，去行动，反思自己内心深处陈旧的教育观念，改变自身在教育现场的所作所为，还是一味地开始埋怨，埋怨"中国的专家太多了""他站着说话不腰疼"，死死地固守着思想领域的"俗"、暗暗的隐藏着灵魂深处的"小"，狠狠地将一个个教育改革的新生儿扼杀在摇篮里呢？

办公室里，QQ群里，当同人们总是不断地抛出当下学生不听话、家长不作为、国家不重视、体制不合理等抱怨之后，你是否有勇气提出并自我反思了一个问题：教师，你的位置在哪里？

是改的时候了

当下，似乎谁都可以对教育问题指三道四，而且似乎都有一个习惯思维：一谈到教育问题，往往会把它归结为体制问题。然而，遗憾的是，真正敢于突破体制，尝试做第一个吃螃蟹者，真正推动教育发展的教育人实在是太少了。原因在哪里？

原因在于在我们绝大多数人身上依然存有等待、观望的拿来主义思想。什么事情总奉行"拿来"。"拿来"既可靠又经济，一不需要承担风险，不必担心改革失败丢了自己的乌纱帽；二不需要考虑成本，现成的直接拿来，路子走的既稳妥又踏实，一样可以发扬光大出成绩。可是，人人都奉行"拿来"，事事都指望"拿来"，这个社会还能进步和发展吗？

就说中小学教师的备课问题吧，一些教育主管部门领导就明显表现出守旧思想。他们总是一味地硬性要求任课教师书写纸质备课，甚至有些地方还要求电子备课和纸质备课一个都不能少。可他们很少认真思考一个问题：被迫写出的纸质备课的含金量、附加值究竟又如何？这些书写在纸面上的东西，是真正从课标理念出发、从教学实际出发、从学生需要出发备出来的，还是从各种各样的教学用书、百度搜索抄出来的？某些管理者或许认为没有量变哪有质变？没有态度哪有高度？但是得注意一点，备课的量变难道就是一味地重复抄写旧备课本吗？难道好的备课态度就是摆在眼前一摞一摞的做无用功书写而来的备课本吗？

人有惰性，检督促查，固然必要。但检查的目的究竟是为了好看而心情愉悦，还是为了真正推进教学，有利于孩子们学习？遗憾的是，很少有主管领导敢于做第一个吃螃蟹的人，做第一个真正有担当的教育人。事实上，在当下中小学校教育现场做着类似的无用功的活动还不在少数。诸如计划、总结、质量分析、会议，哪一项不存在复制、粘贴和"炒现饭"？可就是没有几个领导愿意倡导教师真教研，改抄教案为写教学反思，教学论文，教育故事；可就是没有几位领导积极主动开短会、少开会、不开会。

为什么一个众望所归的问题老是如此？或许在这些领导的思想上隐隐约约、或多或少存在一种"怕别人好"的小农意识或者小市民意识。他们一是怕教师拿了工资不干事，上网炒股打游戏；二怕教师谈白聊天到处逛。说白了，他们的思想上还是缺乏对教师、对他人、甚至对自己起码的尊重和信任。

提出一项改革容易，迈出改革第一步难。所以，对于聊城这所小学取消一二年级数学课的改革，无论从什么角度说都值得鼓励和点赞。

我们首先要为他们的担当点赞。点赞他们为大教育、真教育所作的思考，点赞他们对学科教学规律、学生年龄特征及心理成长规律所做的研究，点赞他们对当下学生的学习状况所做的观察、了解和尝试。点赞包括校长在内的这班人的创新思考和责任担当精神。

同时，我们要为他们积极稳妥的改革态度点赞。虽然该校提出取消一二年级数学课，但事实上并非完全不让学生接触数学知识，而是在二年级时，给学生开设数学活动课和数学展示课，通过游戏的形式让孩子了解数学的奥妙，逐渐培养数学兴趣。特别是他们对改革过程进行了严密的观测。试点过程中，能积极听取家长的反映，注重及时发现孩子对课程的不适，随时做好改革应急调控。

我认为，允许改革失败，不允许不改不变。特别是随着教育大环境的改变，很多传统的做法已经表现出明显的不适应。这些问题，我们每一个教育人应该看到，应该反思，应该出力。只要是有利于孩子们健康成长的任何改革都可以有，而且越多越好。只有这样，一切为了孩子，为了一切孩子，为了孩子一切的"三个一切"才能落地，而不再是一句会上做经验总结吹嘘的虚假的空口号。

教师的职业愿景

人口因素始终影响着国家的宏观政策。近年来，随着全国人口总体出生率逐年下降和城镇化建设步伐加快，越来越多的乡村家庭的孩子选择城市优质教育资源。一定程度上来看，乡村教育出现了前所未有的新格局。

新时期，在乡村人口现实构成样态大背景下，如何与城镇教育同步办好乡村教育，推进国家城乡教育均衡发展，已经成为全社会共同探讨的课题。单就师资这一块，我在探讨之中发现，"此处不留人"现象导致乡村骨干教师和优秀校长资源流失已经是令人忧心的、影响乡村教育远期发展的关键问题。

俗话说：人往高处走，水往低处流。任何人都希望找到一个适合自己的平台得到长足的发展，尤其是那些刚走出大学校门具有满腔热血抱负的有志青年教师。当他们工作和生活长期遭遇一个不适合自身生存发展环境时，往高处走才是正常的，不走反而被视为另类。

二十多年来，在我们学校里，新的教师来，成熟的教师去，同事一拨又一拨的更新，我却是那些另类中留下来的一个。其实说起来，我们夫妻俩属于非正常流动未成功的一对。1995 年 8 月，恰逢当地普及九年义务教育，因为多种原因我与爱人被充实到现在的乡镇学校。在我们的印象中，有关人事去留问题，无论从高到低，还是从低到高，教师队伍中的骨干教师正常调配似乎罕见，非正常流动反而成为中国式调动之常态。

那么，我们不仅要问：高处之高，究竟何在？明眼人都会说，因为城市大，薪资高。除此之外，还有诸如子女入学、就医、住房、文化、娱乐、休闲等等一系列隐性问题，无不体现一个高与低的显著差别。所以，在任何一个时代，高处似乎永远具有莫大的磁引力。它似乎有一种让某些骨干教师、优秀校长们不去就不能静下心来的隐形召唤力。

物理力学原理告诉我们，在平衡力的作用下，物体具有保持原来状态的属性。尽管高处拉力之大，但若低处"留力"不小于或者更大的话，乡村教师依然不会发生由低到高的"位移"。也就是说，能否留住乡村教师就看"低位""留力"的最终合力大小了。简单地说，乡村教师的去留，取决于地方政府或者教育主管部门有没有一颗留人之心。

如果一个地方政府或者主管部门的官员有一颗留人之心——他们能看到骨干教师在一个区域教育发展中所起的引领、指导和辐射作用，能考虑乡村教育发展的现实和长远需要，能为国家推进教育均衡发展看的更远一些，能真正想乡村骨干教师成长之所想，急乡村教育发展之所急，难道就不能打动身处"低位"的骨干教师、优秀校长们那个想走的铁石心肠？

每年暑期，教师人事调动开始上演着同样的故事——想走的教师个人递交诉求申请、现供职的学校校长签字放行、乡镇中心学校签字同意、县级主管部门下发调令，这已形成一个基本的人事调动套路。看起来，乡村教师的调动是自下而上层层认可走了正常程序，决定申请者能调出或不能调出的权利似乎在下面，可深层次分析不难发现，媳妇毕竟只是媳妇，婆婆依然还是婆婆。决定权在谁人手里，明眼人不言而喻。

一年的七八九月就是人事调动月，自然就有听不完的调动故事。有一年，听说邻镇一位教师跑调动，跑了上面跑下面，跑了下面又跑上面，来来回回几乎跑了一个暑假。最后，直到两方的学校开学，差不多到十月份才终于尘埃落定。从他的调动故事，我们虽然也能看出乡村学校负责人表现出极力的"挽留"情意，但这种情意不知是出于何种原因，总之最终没能发挥出挽留住的效力来。常常听说这样的现象，申请调出的教师新的接受单位已经找好，在办理调动手续时乡镇学校这一边也有过不放人的再三挽留，可是最终还是一路打通关被自上而下的领导同志打招呼倒帮忙走掉了。

其实，乡村教师队伍中这种非正常流动现象的屡屡发生，已经证明了"低位"的"留力"之弱小甚至于根本不允许存在。那么，乡村教育怎么留住教师？有人说靠待遇留，有人说靠感情留，有人说靠伴侣留……总之，在此之前，乡村学校的这种留的合力确实太过微弱。

非正常流动是一种中国式流动现象，它给乡村教育尤其是更偏远的乡村教育，带来的是一种"年年进人年年缺"恶性循环，其后果是一个区域内城乡之间的骨干教师、优秀校长资源配备严重不均衡。一边是，城市学校骨干教师扎堆打挤，为名为利"争风吃醋"，另一方面是，乡村学校没了骨干教师引领示范，大多数教师无头无脑"误打误撞"。就笔者所在的城镇学校来说，前几年，地市级以上的学科带头人一个指标也没有，县级骨干教师也不到基本数的 10%。很明显，城乡之间、学校之间、学科之间，单纯师资力量这一块就出现严重不平衡现象。

欣慰的是，党和国家已看到了问题，出台了一系列倾斜政策。2015年 6 月，国务院办公厅印发了《乡村教师支持计划（2015—2020 年）》，对乡村教师提出了拓展乡村教师补充渠道、提高乡村教师生活待遇、职称职务评聘向乡村学校倾斜、建立乡村教师荣誉制度等 8 项主要举措。2017 年 10 月，党的十九大报告中明确提出，要推动城乡义务教育一体化发展，高度重视农村义务教育，办好学前教育、特殊教育和网络教育，普及高中阶段教育，努力让每个孩子都能享有公平而有质量的教育。盼望着，盼望着，一大批"乡村教育人"正急切呼唤党和国家的好政策早日到来，落地、生根、开花、结果。

国家兴亡，匹夫有责，我要对所有人说：乡村教育，我有责任。办好乡村教育不能光靠乡村教师，它不仅需要国家政策扶持，更需要地方政府全体上下积极配合联动。当然，作为乡村教育人，每一名乡村教师都要身体力行当好主人翁。

为了有效避免乡村骨干教师和优秀校长的非正常流动，一方面，所在学校从上到下所有人都要树立对乡村教育的一股担当精神，要放眼长远，做一个有心人。要从感情留人、待遇留人、减压留人等方面积极主动地想办法；另一方面，县级以上政府、教育主管部门要加强乡村学校的名师、学科带头人、骨干教师的培养管理机制研究和实施，这也是推进乡村教育长效发展的根本性举措。

建立一套有计划的科学合理的骨干教师教师调配机制。百年大计，教育为本。教育者、受教育者、教育影响是教育的三大基本要素。振兴乡村教育的希望在乡村教师。一个地方的教育主管部门管什么？我认为，既要管教师的业务，也要管教师的业务以外的东西，包括教师的身体健康成长、还要幸福的精神成长。要对所辖区域的师资队伍整体状况，尤其是对乡村学校的师资队伍的构成情况了如指掌。

比如，分管人事师训的工作人员，要力求做到对乡村学校教师队伍的年龄构成、性别比例、学历情况等一口清；要建构骨干教师尤其是乡村骨干教师分布现状图，对每一所学校的现有骨干教师、尚缺什么学科骨干教师、哪一个学科骨干教师明显富余等情况做到烂熟于心，知根知底。只有准确的掌握了辖区教师队伍信息，才能在关键时候能拿出全面反映布局问题的调研文章，积极为政府和主管部门实施正常的人事调配"战事分析图"，提供强而有力的事实依据，以令决策领导能站在一个作战的总体指挥高度去调兵遣将。尝试建立正常流动监督机制，让调配工作阳光透明，敢于接受社会监督。不能调动的，坚决不调动；确需调动的，有计划、有步骤调动，通过管、控、调、补等多种举措，科学合理地保证教师资源的合理流动，从而力保乡村教师队伍持续稳定发展。

建立一套长效的、客观公正的乡村骨干教师培养认定机制。火车跑得快，全靠车头带。一支骨干教师队伍就是一所学校的脊梁，是中坚力量，他们的"车头"作用，"鲶鱼效应"举足轻重。为保教师培训的共享性和公平性，地方教育主管部门要未雨绸缪，着眼长远，积极深入开展乡村教师队伍专业水平能力调查研究。最大限度地弄清楚每一名教师的去留意向、现实水平能力、教师专业发展潜力及职业愿景。

在认真调研摸底的基础上，制定出本辖区乡村优秀校长、学科带头人、骨干教师培养计划，制度化形成杰出校长、地市级名师、明星班主任、骨干教师等专业荣誉的认定机制。加快乡村名校长工作室、名师工作室挂牌建设，辐射引领更多的乡村教师同步成长。要力求多一把衡量尺子，避免认定上的"私人订制"和"唯我独优"现象。突出职业态度、水平能力的同时，要让更多乡村教师有成长的机会，努力为更多的乡村教师搭建向上攀登的梯子。

一代伟人邓小平说：我们说资本主义不好，但它在发现人才、使用人才方面是非常大胆的。它有个特点，不论资排辈，凡是合格的人就使用，并且认为这是理所当然的。从这方面来看，我们选拔干部的制度是落后的。论资排辈是一种习惯势力，是一种落后的习惯势利。乡村教师评价认定要敢于特事特办，最大化地将认定指标向乡村学校倾斜，切实保证每一所乡镇学校有引路人。比如，保证一个乡镇至少有一名教学名师，一所学校至少有一名市级学科带头人或一个大学科有一名县级骨干教师。只有这样，学科带头人才可能真正起到带头作用。

建立一套"请得来""留得住"的骨干教师荣誉制度。《乡村教师支持计划》实施已经好几年，各地方政府虽然做了一些改革试点和推动工作，但依然难免存在雷声大雨点小、步子不够大、城乡对比度不够明显的问题，甚至有少数执行者质疑其投入性价比问题。

空谈误国，实干兴邦。在新的历史发展时期，各地方政府要站在国家办教育、全民办教育的高度去认识乡村教师在乡村教育发展的重要性，积极落实乡村教师的特殊待遇。

加大荣誉制度配套津补贴落实力度。荣誉津补贴尽可能保证制度化发放，差别化发放，时有时无会影响积极性发挥。山区特殊津贴、乡村教师补贴等可以尝试梯级增长办法，既要体现5年、8年与10年、20年乡村坚守的差距，更要体现乡村教师与城市教师的差距。近年来，我所在的乡村学校，每月500元的乡村教师补贴，超出平均标准的10%绩效工资等等，都得到及时足额落实，一定程度上稳定了乡村教师队伍。

落实乡村教师名师工作室、名校长工作室建设经费保障。根据地方经济实力，可以考虑一个工作室每年5000元或者10000元探索标准。这都对于留住乡村教师发挥有积极作用。新的发展时期，根据地方经济水平还可以进一步加大补偿额度。尤为值得注意的是，在提高乡村教师的工资待遇、住房待遇等物质福利的同时，更要提升乡村骨干教师的精神待遇，既要让乡村骨干教师有想头，更要让乡村教师有奔头。终归到一点，要做支持乡村教育的有心人，积极主动地想办法，因地制宜拿措施。多措并举，让乡村骨干教师一方面感受到自己在乡村教育中的存在感，一方面沐浴着乡村教育的获得感和幸福感。

建立一套"我要优""我能行"的骨干教师提升培训制度。毫不隐晦地说，热衷于"非正常流动"而去往"高处"的一些乡村骨干教师，一定程度上受到了当下一些拜金主义思潮影响。现实中，尽管政府也想了不少挽留办法，比如，从住房、津补贴等物质待遇上给予他们一定的补偿，但是依然没能挡住城市大、灰色收入多等方面的诱惑。这是价值观问题，也是职业操守问题，更是教育良心甚至是教育良知境界的问题。

欲望的无止境，关键在于思想认识。如果不提高职业价值的深层次认识，永远也难以填平一部分教师的物质和精神的利欲沟壑。因此，教育主管部门在强化业务培训的同时，还要定期开展与时俱进的政治思想素质培训，要鼓励乡村教师珍惜乡村教育朴实纯良的育人环境，激励更多乡村教师认识到乡村教师的职业使命，要通过职业认识专题学习和培训，提升乡村骨干教师自我效能感。让乡村教师不仅当教学业务能手，更配称坚守乡村教育的师德标兵、乡村教育教书育人楷模。不忘初心，守望麦田，把初心安放在乡村教育这一块热土上。

一厘米主权

一段时间以来，关于中国教育的种种问题，无时无刻不牵动着国人的神经。最近，人民日报刊登清华大学教授鲁白的一篇文章《中国教育的根本问题，是我们自己》，再次将这个争论不休的问题搬了出来。与以前不一样的是，这次问题的靶心直指每一个人，包括教师、家长和学生，再次引起了一些教育热心人士的关注和反思。

曾几何时，高考指挥棒一度成为人们的众矢之的，可以说没少被斥责过、谩骂过，在一阵阵怨声、骂声中，教育主管部门也没有一时一刻停止过对高考体制改革的探讨和研究。可令人遗憾的是，每一次教育改革带来的变化总是难以满足每一个人的胃口。

根本问题究竟在哪里？改革高考制度，中国教育问题就解决了？如果改革了高考制度，不用一考定终身，问题真的就解决了？怎么改？文章中，鲁教授通过一连串的追问将问题责任链条厘清至人们眼前：中国的教育问题不是，至少不完全是高考的问题。不能靠，至少不能全靠政府，靠教育部，或者靠大学。中国教育最根本的问题出在我们自己的身上，出在我们的学生、家长、老师身上，出在我们的功利主义的文化上。

是啊，追根溯源，难道这些从学堂走过来的过来人，有谁能否定我们受到过学而优则仕文化的负面影响？想当年，我们这一代人读书时，无论是父母，还是老师，哪一个不是望生成龙、望女成凤？哪一个不是要我们好好读书，将来出人头地？哪一个不是说吃得苦中苦，方为人上人？

正是受这些功利主义文化影响，让一个又一个孩子走上一条功名求索路，花大钱读好学校，请好老师，考好大学，找好工作，过好生活。然而，令人可悲的是，许多家庭的孩子不仅功名蓝图未尽人意，反倒随着年龄的增长，越来越看不到读书的价值和意义，以至于不少孩子选择了对现实的逃避，甚至走向了一条不归路。

"中国教育的根本问题，是我们自己。"从鲁教授的文章中，我们不难读出有关教育根本问题症结的清晰的逻辑链条，也不难认识每一个教书育人者身上的一层层、一种种责任、良心和良知。

那么，说到底，作为一名普通教师，究竟该如何从"中国教育问题，是我们自己"泥淖中走出来？我认为，接下来，其实每个人有两件事还是可以做的。

第一件事是，换思想。换思想，就是转变观念。唯有每一个人观念的转变，才是解决教育根本问题的治本之策。教育是什么？教育是培养人的活动，这就是观念；十年树木，百年树人，教育是一个不能求急求快的工作，这就是观念；学校是什么？学校是培养人才的地方，学校是允许学生犯错误的地方，这就是观念；教师是什么？师者，所以传道授业解惑者，教师不仅要答疑解惑、还要传授做人之道，这就是观念；学生是什么？学生也是人，是接受教育的人，这就是观念……

作为教书育人的教师，我们是人类灵魂工程师，我们正是从事的立德树人工程，我们的工作关乎子孙后代。所以，我们不得不以《中国教育的根本问题，是我们自己》一文为镜子，正衣冠、洗洗澡、治治病——照一照，反省、转变我们的教育观、学生观；照一照，反省、矫正我们身上的功利主义思想；照一照，反省、终止我们的功利主义思想对学生的言传身教、指手画脚，甚至强行绑架的行为。

第二件事是，行使主权。说到行使主权，想必大家听说过二战期间发生的"亨里奇案"。当法律和良知冲突之时，良知是最高的行为准则，而不是法律。尊重生命，是一个放之四海而皆准的原则。作为立德树人的教育人，我们的教育教学行为中，是否真正尊重生命，奉行最高良知原则，用好用足了"一厘米主权"呢？

"中国教育的根本问题，是我们自己！"鲁教授的观点首先敲醒一些学校管理者们，尤其是校长，要承担起教育改革的责任来，积极主动用好用足"一厘米主权"。在其位谋其政，作为一所学校的直接责任人，办好一所学校就是自己的职责和使命。诚然，教育主管部门的的确确是有很多条条框框限制，为了管理的需要，的的确确要对一所学校进行方方面面的考核评价，可是，在实现目标的过程中，我们还是有诸多"一厘米的主权"吧。

一个好校长就是一所好学校。什么样的校长是好校长？想必人们会列举很多实例来衡量。我也持赞成观点的是，认可并奉行成长比成绩更重要的校长是好校长；让学校成为少有事故、多有故事的校长是好校长；手中握有指挥棒、眼里装有孩子的校长是好校长；既关注学生的现在、又着眼于学生的未来的校长是好校长；当研学旅行遭遇校园安全冲突时，敢于担当、大力推行研学旅行的校长是好校长……总之一句话：尊重生命，奉行最高良知原则，用足"一厘米主权"的校长就是好校长。

"中国教育的根本问题，是我们自己。"鲁教授的观点也直指我们每一名普通教师。过去那种总是把矛头指向国家的顶层设计、指向教育体制、指向主管部门的思想和行为是错误的，中国教育的根本问题，我们每一个人都有责任，都要勇于承担责任。

科任教师是众多教育现场的组织者、参与者、引导者，是与学生直接打交道的人，尤其应该牢记：尊重生命，遵循最高良知原则，用好用足"一厘米主权"。虽然主管部门、学校有考试、分数等绳绳索索牵绊着，但是实现目标的过程并不是只有死记硬背、靠加班加点才能达到。

比如，课堂上，我们可以围着学生转，还课堂于学生，让学生成为课堂的主人。教育方法上，多鼓励，少批评，把慢的教学艺术落实到行动上，静等每一朵花开；课堂外，我们可以少布置作业，少占用学生休息时间，多给学生自主学习、自主管理的时间和空间，多给学生与父母交流互动、参与劳动、享受亲情的机会。

坚持"一厘米之变"很简单，就是从自己能改变的地方开始，一厘米、一厘米地去努力。小如一厘米的改和变，如果它挑战了那种反教育的习惯无意识，积少成多，就能引发更多的改和变，教育文明也就有更大的进步。

教育的成全

这几天，为准备各种活动和迎检，成天楼上楼下地，几乎忙得两腿发颤打绞。刚坐下来整理一个催交多时的自查报告，忽见QQ正闪烁着省外一位朋友的图标。我知道，这位急性子的朋友准是又有什么事儿不吐不快了。于是，只得先放下手上的活儿应和他一阵儿。

朋友是学校的一位中层干部。据他讲，那天的行政办公会上，学校某处室主任一脸焦急的样子汇报值周工作："经过本周值周观察，我们发现最近几天的下课时间各楼层学生讲话声有点大，特别是晚自习的课间，就像是鸦雀窝里捣了一棒似的，希望引起重视！"

"是的，尤其是七年级孩子们，一点规矩都没有，上操集会上下楼梯时总是东偏西歪地走不整齐。一个个嘴巴也管不住，嘻嘻哈哈、叽叽喳喳讲个不停。这样下去不得了，是得好好整一整了！"一位分管德育的领导也在一旁帮着腔，随后他将个别学生传纸条谈恋爱的，三五成群的，勾肩搭背的，吃完饭不进教室学习的，等等一系列"罪状"一一罗列出来，说是要狠狠地刹一刹这些歪风邪气。

轮到校长总体部署工作时，朋友满以为他们的校长要对上面几位领导的说法予以纠正，或者是给予一些说明什么的，没想到，或许是受了几位领导的"恐吓"，他竟然当即下达了"严打"的指令——责成德育处牵头，会同各年级主任来一个各个击破，下猛药。

他们这是要干什么？难道他们不知道教育就是成全吗？朋友在一旁听着，百思不得其解，浑身上下感觉一阵透心的凉。他说，那时候他真想一吐为快发表些自己的看法，但眼见圣旨已下，他深知，异端发声已不是时候。

还仅仅是一群孩子，课下讲话怎么了？爱说爱笑，天真活泼，呼朋引伴，不就是青少年孩子们朝气蓬勃的活力象征吗？为什么老师就一定要孩子们不跑不跳做个听话的乖学生呢？这样的听话教育究竟要把学生引向何方？

大教育家卢梭说：大自然希望儿童在成人之前就要像儿童的样子，如果我们打乱了这个次序，我们就会造成一些早熟果。它们长得既不饱满，也不甜美，还可能很快腐烂。这就告诉我们这些做教育的要尊重儿童，尊重儿童的天性。儿童是鲜活的生命，而不是木然的玩偶，儿童是自由的灵魂，而不是笼中的小鸟，儿童的人生是"我"的人生，而不是"你"的人生。

这边的我，与朋友一样感到了同样的悲凉，为当下部分为师者的顽固不化的陈旧教育理念和言行而悲凉。悲凉之余，自我反思是必要的，国家提了多年的以人为本、以儿童为中心的课改理念缘何还是停留在口号上，而不能真正的落到一点一滴的教育现场实际行动中去？追根溯源，我们不可否认，还是有一部分教育者荒于学习，他们没能发现懒政思维正在夺走孩子们的童年，正在危害着下一代。

不是危言耸听，试看一些地方教育主管部门，课改已深入推进多年，教育信息技术已日新月异，可如今他们的指挥棒中教案要手写的硬性规定依然被一刀切到底。他们从不考虑这些手抄教案是否经过了学科教师的思想加工，资源整合，是否适用于教室里那些新时代的嗷嗷待哺的学生课堂，是否浪费时间浪费纸墨正在无休无止地做着无用功？这些，他们都不管，他们只管老实听话了，坐在办公桌前做事了，看起来顺眼了。孩子们也会因此遭殃，如果听说哪个地方某学校组织学生外出而发生了安全事故，他们就会不问青红皂白立马让辖区里所有学校一起"吃药"——下达禁令一律禁止学生在校期间参加一切户外活动。他们打着校园安全的幌子，让国家倡导推行的类似研学旅行的活动在当地被一拖再拖，一拦再拦，迟迟难以推开。

懒政思维也会传播扩散的。一些学校很快嗅到了气味，奉行着多一事不如少一事的原则，上面考什么老师教什么，上面评价什么学校开展什么，哪项含金量高重点抓哪项。对于学生来说，老师说一不二，一切行动必须听从指挥，学生只有服从的义务，没有什么权利可言。上操要排队，就餐要排队，校园里什么都要步调一致。他们无视学生的应急诉求，吃完饭得迅速进教室，上个厕所得快去快回。如此办学，不叫摧残，何为摧残？

一个简单的问题来了，学校是干什么的？学校不知道教育孩子，这种学校还有什么存在意义。当我们的教育只剩下听话二字，教育的立德树人本质不就自然消解了吗？把学生听话当作工作追求，说白了，就是视学生为驯服工具，使自己不费力气，或尽可能少费力气而已，这就是赤裸裸的懒政思维。

长此以往，无形中助长了强权崇拜，教育服务意识缺失，工作方式简单粗暴。从这样的学校走出来的学生，还能指望他们有热情去为社会公众服务吗？在他们的潜意识里，已经把听从安排看作理所当然的事，不符合他的意都属于找碴的，就不在他的尊重之列。这样的人多了，社会的不安定因素就会大大增加。

学校是允许学生犯错误的地方，教师是学生成长的引路人，无论是学校管理者，还是学科教师，都要迅速提高这方面的认识。在教育的每一个现场里，都要做好学生的错误可能出现反复的思想准备。做教育，不可能什么事都能一步到位，一劳永逸。

　　如果说教师这个职业有什么不同于其他行业的地方，那就是：教育是对独特性的关注。教师需要更多的耐心，对犯错误的学生永远不要失去信心。只有允许学生在学校里犯一点小错误，他们才可能在不断的尝试、体验、提醒、纠错、改错的过程中成长，成长为一个具有健全人格、懂得自主管理的社会自然人。这样的学校教育，才可能减少或避免学生走出校门以后不会犯大错误，以至于成为国家的栋梁材而不是一个个危险品乃至是我们身边的定时炸弹。

　　九层之台，起于累土。衷心希望每一位教育者，不忘初心，牢记使命，把眼光看得远些、再远些，给每一个孩子以独特的教育之爱，以立德树人，造福子孙后代为最大政绩。

　　因为，有一种教育，叫成全。

美校园与名教师

在学校品牌中，美校园和名教师哪个更重要，这似乎是一个不用讨论和思考的问题。我的观点很明确：比起美丽校园，名优教师更重要。

很明显的一个道理，作为一个教书育人的圣地，再美的校园都只是给人提供了视听等感官的享受，不能润泽美的心灵，不能塑造美的品格，不能启迪美的思想，而要实现这一切，唯有名优教师能做到。

名教师，他们眼里有人。在名教师的课堂上，不再有放不下的师道尊严，不会再制造恐怖，不再只有知识灌输，不再一味追求快速高效，不再强行人人合格出炉……在名教师眼里，渐渐地出现了人——一个总是存在枝枝蔓蔓、正处于人生不可替代成长期的人。名教师看学生就如自己的孩子，他们看到学生的是天真活泼、充满无限可能性的人。

他们眼里没了不听话、不懂事、太害人、真难教之类的怨恨和伤心。他们每天用放大镜发现学生的闪光点，他们允许并包容学生暂时的小错误，他们让学生从犯一些小错误的体验中自我发现、自我矫正，直到走向社会迈向人生再不犯大错误。

名教师，他们总是上一堂让学生开心的课。名教师会深受学生们欢喜而围着学生转，他们的课堂 45 分钟安排很灵活——他们没有固定的教学模式，只要这节课教学目标内容完成了，他们就给学生奖励——自由支配剩余时间，或阅读课外书籍，或做其他科目作业，或练字撰文等等。只要学生们觉得轻松愉快、好玩就行。在好玩中好学，在好学中享受教育。学生开心，名教师也开心。不知不觉地，名教师不仅收获了"鱼"，还收获了难以兼得的"熊掌"——学生尊重他们，敬佩他们，接纳他们，忘不了他们。

名教师，渴望做去掉引号的名师。他们把教育当事业，无论走到哪里，他们有难以割舍的教育情怀。他们虚心向身边同事学习，互帮互爱，资源共享，让自身的光芒辐射更多人。他们乐于自掏腰包购买教育书籍，与大师为舞。通过一切可能的渠道，学习教育名家的思想文字，领悟他们的教育艺术精髓。他们把三尺讲台打造成了师生展演、共同成长的舞台，把教室组建成师生沟通交流、无话不说的朋友圈。名教师的每一堂课，每一个活动，都会留下一个美好的动态。共同享受之余，他们会把那些触动师生心灵的美好瞬间敲击成文字发表在各级刊物上。因为这个，名教师自己乐，名教师的学生们也喜洋洋。

名教师也向往美校园。他们知道环境育人的道理。可是他们总是取之有道，从不跪着教书，从不搞拿来主义。他们打造的美校园都出自师生共同之手。在美校园创建活动中，他们润物无声，悄无声息的实现身教重于言教。在他们的陪伴和引领中，一个个孩子快快乐乐的长大。直到长大的某一天，他们才发现自己也收获了别的孩子们梦寐以求的考试高分。原来这是名教师落实课程与孩子们共同成长路上收获的副产品。

随着物质文明的不断进步，美校园固然能助力名教师，或许还能筑巢引凤，更加壮大一所学校名教师队伍。但是如果非得在美校园和名教师二者中做出选择，我的态度依然是：爱美校园，更爱名教师。

保鲜的教师生活

还记得刚走上讲台的那一天，一位老同事见了血气方刚的我们，在一旁笑着说："别看这时候你们有棱有角的，过几年，就跟河里的鹅卵石一样了。"暂且不说，这句话说得是否正确，但它在提醒我们：只有改变，才能让生活的每一天都是崭新的；只有生活的每一天都是崭新的，才能绽放生命的无限精彩。

积极去思考，处处是美好

我们常常听到教师们对自己职业的抱怨：抱怨教师工资待遇低，抱怨当下学生不听话，抱怨家长不称职，抱怨新教材不好教……他们把各种各样的抱怨挂在嘴上，被方方面面的抱怨束缚了行动，10年，20年，30年，结果什么问题都没有解决，他们的教育人生就这样一天天荒废掉。

于丹认为，抱怨是一种语言而不是行动，当一个人过多的被语言困扰的时候，他会失去行动力。正是因为过多陷入抱怨，一部分教师失去了行动力，处于久病不愈的职业倦怠中。如果仔细分析这些老师们，我们会发现他们暴露出一个共性问题：他们的人生价值观发生了偏移，他们的人生态度出了问题。

其实，人类因为有了语言、思想、情感，人生就有了别样的价值和意义。人生的价值不需要有多么大的成就，也不需要有多么了不起的能力，而只是需要向往美好、发现美好、创造美好的积极的生活态度。教育人生也是一样，它需要我们保持一种自我体悟后的小小的、慢慢的、创新思想的成长自觉。

人生的价值究竟是什么？我不知道。我只知道：用心去做好每一件事，人生就会变得有意义；用心做好每一件事，我们就能享受每一天的生活。相信下面这些话能启迪我们绝大多数教师：一想二干三成功，一等二看三落空；相信是成功的起点，坚持是成功的终点；积极的人像太阳，走到哪里哪里亮；消极的人像月亮，初一十五不一样；我们不能掌握生命的长度，但能拓展生命的宽度；与其花长时间怀疑，不如花短时间求证。

这些句子都很温暖。细想起来，无不集中告诉我们：生活是好，还是不好，是幸福，还是不幸福，取决于个人的思想和态度。正如法国作家萨克雷说：生活是一面镜子，你对它笑，它就对你笑；你对它哭，它也对你哭。保持好的心情和态度去看世界，就会发现世界原来是如此美好。

人的一生，或许会有很多不如意的事情，面对学习、生活中的这些不如意，是一味地埋怨生活，变得消沉、萎靡不振，还是应该坚定乐观的态度，在逆境中奋发图强，如何看待生活，与人的精神世界有关。心中没有阳光的人，难以发现阳光的灿烂；心中没有花香的人，也难以发现花朵的芬芳。所以，我们在学习、生活中需要的是坚定乐观的精神，从容不迫地面对一切。教师用乐观的态度去看待人生，便是为自己的生活掘了一眼永不枯竭的幸福之泉。

不怕进步慢，就怕原地站

这个世界不差抱怨者，只差建设者。"不怕进步慢，就怕原地站。"这是我用来自勉自励的一句话。回顾当年，我的学历起点并不高。1995年，我从湖北省宜昌师范高等专科学校毕业，学的又是一个豆芽学科生物学，与现在学校招聘的本科生、双学位比起来，差距不小。

但是，起点低，不能成为问题；学历不高，不会影响一个人追求进步。据我所知，全国各地有很多特级教师，他们当初只是从一个中师生起步。可贵的是，他们当年都没有因为中师毕业有了铁饭碗，而放弃教育人生的更高追求。正是因为出道早，不满足，不放弃，不倦怠，孜孜以求，他们把一股风华正茂的意气，挥洒在教学研究上，挥洒在班主任工作探索上，挥洒在读书写作等教师专业成长上。

不忘初心，方得始终。正因为坚守，正因为不断地追寻，他们走出了一条教育人生的康庄大道。桂贤娣成长为全国教书育人楷模，窦桂梅成长为知名的特级教师，李希贵成长为知名校长……遗憾的是，我们身边本来有发展潜力但却停留在原地的同伴还不少。他们工作几十年，什么都没有留下。在教书育人方面，他们没有讲过一次优质课，没有写过一篇论文，没有出过一次特别好的教学成绩；在职业生涯方面，他们没有任何个人追求，没有获得过任何有含金量的证书。正如一位老教师自嘲的那样：除了结婚证，什么证也没有。他们总是埋怨教师待遇低，学校安排他们值周、兼课、开展社团活动时，他们总会找出各种理由拒绝。

所以，我要提醒同伴们：机会，只留给有准备之人；成长，只有起点，没有终点。朝闻道，夕死可矣。只要愿意行动，什么时候都不迟。刚走上讲台的老师，可以制定一个发展规划，向身边优秀教师学习，向专家学习；老教师心中装着无数的经验教训、教育故事，只要反思回放，只要乐于动手，嬉笑怒骂皆成文章；中年教师正值黄金时期，于家庭，你们是孩子们的楷模，于社会，你们是国家的中流砥柱，因此，更应该反思实践、读书成长。

勇于做"空杯"，不断去学习

故步自封、骄傲自满是不思进取的孪生兄弟，如果一个人想学到更多学问，先要把自己想象成一个空着的杯子。空杯心态并不是一味否定过去，而是要怀着否定或者放空过去的态度，去融入新的环境，对待新的工作与新的事物。

参加培训。我们教师每年都有参加各种形式的培训提升的好机会，这为我们消除倦怠、开阔眼界打开一条条绿色通道。如果我们时常走出去，就会如饥似渴地攫取各种信息；带着一双善于发现的眼睛，发现时时处处都是学习的资源。我们还要积极主动探究、寻求、创造请进来的办法和途径，努力创造"为我所用"的条件和机会。

静心读书。读书，是一个人养心厚蕴的成长秘籍。我们要在学校和家庭营造浓厚的书香气息，要主动接近书、慢慢爱上书，多方面培养读书的兴趣。我把自己的书籍分成三类：沙发书、床头书、案头书。沙发书，放在沙发上，翻开可读。久而久之，读书就会入了道，有了瘾。像《读者》《意林》《窗边的小豆豆》就适合放在沙发上阅读。床头书，一般是思想性强的书籍，能引起深度思考，澄澈心灵。我把《思维与智慧》《读书是教师最好的修行》《追风筝的人》等书籍，归为床头书。睡前一读，成为习惯。案头书，大多需要安静的环境来阅读，还需要随时记下感悟。像《论语》《给教师的建议》《静悄悄的革命》等专著类书籍，阅读时需要充沛的精力，需要宁静的心境。案头书能帮助我们在相关的教育现场中感悟提升，获得认识的飞跃。

经常写作。我觉得，人人都能写。一个有心人，读书多了，他就会发现这篇文章似曾相识——脑海中浮现身临其境的镜像，形成一种原来这就可以写的自信，产生一种模仿写作的冲动。他趁热打铁，敲击键盘，洋洋洒洒，文章初成，慢慢就成功了。我还记得 20 年前自己的文字第一次被刊登在地方报纸《三峡希望报》上，那是大学里的事儿。步入讲台后，我的第一篇文章发表在《三峡日报》的副刊，虽然都是些千字文的豆腐块儿，却给了我没丢笔杆子的莫大鼓励。随着写作热情的日益高涨，我的文字见诸报端的机会多了起来。

2012 年，我在武汉大学参加学科带头人培训归来，感恩学员们的引领，加入了教育 QQ 群，一加就是好几十个。在 QQ 群里，有幸结识了全国各地的知名教师。在他们的帮助和鼓励下，我的文字有了新的突破。有一年，我在数十家报刊杂志发表文章 60 余篇，几乎一周一篇。读书写作，让我的人文积淀丰厚起来。2016 年 10 月，我的第一本教育随笔《找到做教师的感觉》由南京大学出版社出版发行。

当然，在纸媒公开发表文章，只是享受写作的一种形式而已。其实，还有一种写作享受就是记录生活，进行自媒体传播。自媒体传播的途径多种多样，如博客、QQ 空间、微信、美篇等都是记录所见所闻、所思所想、所感所悟的大众化传播平台。从内容来看，除了发表论文之外，还可以写时评，写读后感，写随笔叙事等。素材来源也是极其广泛的，只要做有心人，我们自身的课堂就是一个永不枯竭的写作素材基地。

另外，教师还可以关注、参与报刊杂志的热点话题征稿。这些都能很好地促进我们去思考，去下笔，去争鸣提升。一个有记录习惯的人，会从写作中找到无尽的快乐。写着写着，就会发现结集出版的时机成熟。积极写作，在写作中享受成功，何乐而不为？

横看成岭侧成峰，远近高低各不同。时代变了，环境变了，如果我们故步自封，守着自己一亩三分地，只能让缘木求鱼的故事重演。让教师生活"保鲜"，我们要学会变思维、换角度，有乐观的生活态度，有不止步于当前的勇气，有求改和求变的文化自觉。我相信每一名教师，只要让自己进入思考—实践—写作—读书的良性循环，必将葆有推动自身专业前行的不竭能量，我们的教育人生必将富有更大的价值和意义。

玩手机的学生

当下，中小学生玩手机现象已经越来越普遍，而且部分学生渐渐对手机产生依赖。他们周末在家里玩不说，返校时还悄悄带进学校来，夜里都在被窝里玩到深夜。以至于第二天上课没精神。还有一些学校的学生将学校师生之间本不该发生的冲突拍下来，发到网上，弄得涉事学校和当事人形象受损。

这种种情况，让一些学校领导和老师们产生了前所未有的"恐慌"，好像不把学生的手机堵在校外，这教育教学之事儿就大有办不下去的潜在危险。以至于全校上下携起手来，千方百计围追堵截，势必打响学生手机歼灭战。

个人认为，就当下的教育工作难的现状来说，某些学校劝退玩手机学生的做法确实是无奈之举。但是，从办人民满意教育、创人民满意的学校的价值考量，的确也存在简单粗暴之嫌，有不明智的地方，甚至还有不合法之处。

首先，我们要站在新的时代背景下看待这个事情。众所周知，我们已经进入了一个信息化时代，互联网已经深入我们生活的每一个领域，完完整整成为我们工作生活的必需品了。不仅成人们离不开它，孩子们也需要它，这是当下所处的现实大背景，我们不能倒行逆施，背道而驰。

时代不同了，我们的教育思想、教育理念、教育方法都必须与时俱进。教师中心的课堂模式已经被学生中心取代。现如今，我们的课堂要以学定教，围着学生转。比如，学习方式的变化，学习资源的变化，学习目的动机的变化，等等，作为教育者，我们都要重新思考。那种单纯依靠纸质教科书灌输知识的时代已经一去不复返了。看问题抓住主要矛盾，只要正确引导和管理，手机可以而且必须成为一种教育教学资源。化堵为疏，因势利导，才是明智之举。

其次，我们要站在法治社会背景下看待这个事情。值得提醒的是，我们已经进入法制社会。依法治校已经从文本走向现实生活。依法治校就是学校遵循法制原则和法制精神，在职权范围内，依据宪法、法律、规章管理学校事务，开展教育教学、维护师生合法权益等活动。学校的规章制度要合法，要有民主性、程序性、针对性、操作性和时效性。从依法治校角度讲，校方的"劝退学生是严肃执行校规，体现了学校为大多数学生负责的担当"观点很明显是站不住脚的。学生有依法接受教育的权利，学校单方面劝退学生，就是侵犯了学生的受教育权。一味地劝退，反应的是学校简单粗暴的管理，不合情理也不合法。

我们还要设身处地站在孩子们的立场上看待这个事情。当下，由于校园安全这个紧箍咒，学校教育已经被牢牢捆死在那几亩几分地内。春游没了，踏青没了，野炊没了，一切户外活动都被无奈地取消。就连校内稍有挑战性的体育项目、实验教学、兴趣社团，组织者都要畏惧三分。学校教育不能满足，家庭教育能否满足？家庭教育能否代替师生共同参与的学校教育？从现实来看，孩子们的家庭生活是极其单调乏味的，他们被迫锁在教室、书房、辅导班，每天过着三点一线的生活。试想，一个少有家长陪伴的环境下，孩子们依恋手机还有那么奇怪、还有那么可恶吗？从未来需要来看，绝大多数学生的成长经历中与老师与父母"共同亲近大自然"这一块的情感体验、精神文化也是缺失的，他们的记忆里几乎没有一个值得留恋和回味的多姿多彩的成长故事。

冷静思考当下学生的生活现状，尽管学校确实存在"跪着办学"的无奈，但是对于学生带手机进校园问题，学校方面除了劝退学生之外，其实还是有两全其美的办法。

从学生方面来说，毕竟，绝大多数玩手机学生的兴趣点不在如何去挖空心思报复学校、报复科任老师方面，他们只是被无所不包的手机功能所吸引，因无所不有的网络信息而好奇。只要我们科学引导，对学生做耐心细致的思想工作，及时与家长沟通取得家长支持，三方面共同努力是能正确处理好玩手机与搞学习的关系的。比如，可以争取家长参与，多一些陪伴孩子们时间，多一些亲子活动，既弥补了一度缺失的亲情，又丰富学生课余生活，一定程度上就会转移孩子们的注意力。渐渐地也就降低了对手机的依赖。

从学校方面来说，毕竟，绝大多数教师是经得起教师职业道德考验的，绝大多数教师的为人师表不是停留在口号上，他们在文明用语、无私奉献等方面均能表现出学高为师，身正为范的教师形象。那种一味地担心存在见不得人的事被曝光的想法自然是多余的，不必要的。从另一个角度讲，有这种担心对那些少数个别不讲究规则的教师还是一种鞭策，并不完全就是一件坏事。

当然，对于当下那些捕风捉影、以点概面、见风就是雨的媒体炒作，国家层面上应当加强立法和执法，真正还学校教育那片应有的宁静。

第二辑　问津

犟牛徐锋

最近，安徽某中学教师梁某，因为一名学生在其背后贴了侮辱性字条而引发师生冲突，最终被当地教育主管部门给予开出公职的处分。

事件公开后，网友们纷纷为其鸣不平。有人认为梁老师本人不值，有人认为主管部门处罚不当，最后一致对于当下教师堪忧的现状不解。

其实，师生冲突，本是课堂里一个老生常谈的问题。特别是处在当下一个全民任性的时代，有时候还真的难以避免。但是如果科任教师不跟着任性，把握好教育策略，不仅可以明哲保身，还会收到意外的教育效果。

一

一年一度的生物学会考进入倒计时，全校上下正围着那几个不及格的"老油条"想招而抠破脑壳。为全面提高合格率，学校决定背水一战——把各班那几个老不及格的学生集中到一起"补火"上第三节晚自习，由科任教师辅导一个一个地"过关"。

八（1）班徐锋是老师们眼里的一个"油盐不进"的"小刺头"。对于学校这种做法虽有几分不满，但是看到别的同学没说什么，他也只好每天附和着到达指定班级教室"和稀泥"。作为一个平日里课堂上的"眼中钉"，他自然被我视为重点关注对象。一来对他本人"多捞几分"多少还是抱一点点奢望，二来盯紧他以防"传染病"波及他人。

通过前几天的复习观察我发现，因为天热孩子们都想单独坐，可徐锋却放着好几个空位子不去坐，总是要找一个自己班上的或者别的班上认识的、不认识的"裹"在一起。裹在一起，自然就没有准备认真搞事儿，只为哥几个"海阔天空"混时间。加班晚自习，学校从"海绵里挤出来的一滴滴水"，本来时间就很短暂，不抓紧读背的话还不如早些睡觉去。像这样，自己不读书不过关不说，还缠得别的同学也无法干正事，怎么是好？

那天晚自习，徐锋又把老师我曾对他的劝告抛在脑后。——不按照我的安排分班坐不说，又找到八（2）班小阳的座位旁坐下，俩人"裹"在了一起，从一开始两人就在那里喋喋不休。见此情况，我朝他们递过"不要讲话"的眼色，他们俩会暂时停下来。但只要我一转眼，两人又开始讲起来。几次过后，实在是看不惯了，我便指着一个空位子让他坐过去。没想到，这小子那个任性劲儿又上来了——脑壳摇得像拨浪鼓："我就坐这儿！"

要坐那儿，就坐那儿吧。满以为，他自己要求坐那里就会管住自己好好读书的。可刚说过之后，又与小阳嘀嘀咕咕地讲起来。我只得第二次向他发出警告："徐锋，喊你坐过来嚷！"这次我的声音提高了八度，脸色也开始由"晴天转多云"。如果换作一个稍微听话的孩子，此时就会见机行事了。可这小家伙真"不识时务"，一动不动地和我拧着："我就坐这儿！"

早先听其他老师们说的"爱干狡"劲儿开始了。提醒劝说已经不再管用了，其他几十双眼睛盯着，怎么办？矛盾就是这样的情境下一步步开始升级——急得没有办法的我，从座位上嗖地站起身。眼见我"脸红脖子粗"地正朝向他走去，这时候他方才极不情愿地朝我先前指定的座位走去。

本来，事情到这儿也就算过去了吧，可谁知道这个"刺头"浑身上下长满了刺儿。朝那个座位上挪动时，一边摔打着书本，一边嘴里大声叽咕起来：

"我怎么就不能坐那儿了？"

"你俩坐在一起老讲话，不读书背书，复习效果差！"只感觉我的声音让整个教学楼都在抖动。

"那，我坐过来读，效果就好了吗？"话中之意仍然向我挑战："一个人单独坐过来，我不搞还是不搞！"原来这真是一头"犟牛"，一头从不转弯的犟牛！

那时候，只感觉我的一股怒气直冲上来，瞬间，头部似乎在冒烟。以至于我真的就"出手"而去。我不由自主地伸手叉住他的脖子，把他从座位上"提"了起来。

"你爱搞不搞，是给我学习的吗？"

"不是给你学的，那我明天就不来了！"这头犟牛一点也不示弱。

"你爱来不来，来了你又干了什么？"我与他针锋相对。

一旁的几十个学生异常的安静，一个个埋着头大气都不敢出。可徐锋这头犟牛还在不停地念念有词。好在我那时候还葆有一定的理性。——眼看与他这样"掐"下去不能解决问题不说，还会影响在场的其他学生复习过关。我不得不自己宣告"投降"：

"不说了！冷静一下，等会儿我们俩再说！"不知道是我的话中哪个词哪个字刺激了他的神经，他总算是住了口。不过，依然气鼓鼓地，坐在那儿一动不动。

还在气头上的我呆立在讲台前。几秒钟后，感觉体内的肾上腺素慢慢地降了下来。第三节晚自习很快结束，我想还是要和徐锋把刚才的问题说清楚啊。于是我让其他同学回寝室睡觉，让徐锋留下来再把问题说清楚。可这头犟牛的确是全身充满犟劲儿，先前的那股牛劲一点不减："我们没什么再说清楚的了！"说完，拿着生物学《会考说明》冲出了八（2）班教室。

二

有时候，真是想不通这样当教师为了什么。没有与他把刚才发生的事儿说清楚，也不知道这犟牛拧着的那股犟牛劲是否消解。拧着的心结没有打开会不会干出什么出格的举动，比如翻墙外出啊，伺机报复啊。以防万一，我只好悄悄跟着看他是否跟着其他学生一起回到宿舍去。直到看见他与同室的几个一道在宿舍门前站着队，接受值周教师点名，进了宿舍楼里，我心头一颗悬着的石头这才暂时落了地。

睡在床上，想着晚自习发生的事，我翻来覆去睡不着。反思自己平日的教学行为，总是尊重孩子们啊！一般情况下，孩子们说怎么上课就怎么上，感觉自己一直还是信奉着亲其师，信其道的分寸的，可怎么在徐锋身上就如此失败呢？对于徐锋这样的任性的孩子，我究竟该怎么教育？如果我一味地不管、不敢管，那以后我的话还有学生听吗？教师如果失去了个人威信，还怎么能正常开展课堂教学、落实教学目标任务呢？专家们所谓的以人为本、师生平等、尊重学生等等这些教育新理念，在教育教学中究竟该怎么把握好这个尺度？是就着他们的性子去，还是该硬则硬、该软则软，保持教育的基本原则和规则？这许许多多的问题困扰着我。思前想后，暗暗观察着徐锋的后续变化。

第二天早锻炼刚结束，便在操场上碰到徐锋的班主任郑老师。还没等我汇报昨晚的事儿，郑老师先开口了："张老师，发生了什么事吗？徐锋说今天晚上不来上第三节晚自习了？口气还蛮不得了呢！"我便一五一十的讲述了昨晚的发生的经过。"哦，是这么回事啊！这孩子确实有些犟，有时候感觉他就是油盐不进。这不，我也一直在寻找转化他的切入口呢！"

郑老师给我讲了徐锋的家庭情况。原来，徐锋很小的时候亲爸爸就去世了，现在的爸爸是爷爷奶奶包办找来的，后爸爸常年在外打工，很少对他有什么教育。妈妈是一个精神病人，母子俩跟着爷爷奶奶一起过日子。徐锋从小失去父爱和母爱，没有亲人的沟通与交流。正是这样的家庭环境下，造就了徐锋今天缺失的人格。在他的脑子里，几乎没有什么关于尊重、体谅、分享、谦让的概念。

"既可怜又可气！"郑老师叹着气说，"上次，学校考虑他家庭困难，认定他为贫困寄宿生，让他写一个申请，他又是那样连连摆手'我不写，我不写'。最后还是我给他爷爷通电话后强行让他交来的！"

对待这"又臭又硬"的毛孩子，我该怎么是好呢？很显然，听郑老师说徐锋对我这个科任教师还心存戒备，我总不能与他一般见识这样任性下去吧。这后面的背书过关是小事，孩子心头的这个结总得为他打开才是啊！想着想着，我决定还是必须依靠背书过关这条纽带。

于是，我与郑老师商量，表面上依他的第三节晚自习不来了，改由郑老师辅导他。于是我与郑老师联手对他实施攻心术：一方面要让他认识到这次事件中自身的错误，一方面要向他转达我这个科任教师的道歉。

郑老师抚摸着徐锋说："唉，有些事你不知道，其实，张老师是最关心你的。"徐锋似乎有些不信，郑老师解释说："学校的贫困寄宿生补助这一块工作是张老师负责的，上次就是他听说你家庭情况后，要求我一定要把你报上去。他说昨天批评你过重了，今天特地来让我向你转告他的道歉呢！”

徐锋的脸色开始有些转变，郑老师这才又把话语转向他："要说昨晚的事儿，你徐锋还是错误在先呢！”徐锋似乎还有些不服，郑老师接着说："古人说'没有规矩不成方圆'，老师牺牲休息时间来给你们辅导，几个班的人在一起需要大家配合，把几十分钟用好用足，哪有想干什么就干什么还不听劝说的道理？”徐锋这时候才低下头去，先前的那一张干狡的嘴巴顿时哑口无言。

三

既要让他受到教育，也要考虑不耽误学习。于是，按照我的意思，郑老师安排一名信得过的优秀学生结对帮助他。一方面利用白日里课间时间督促他背书过关，一方面每天向我报告徐锋的背书进展情况。

一个唱红脸，一个唱白脸。里应外合，经过了一个星期后，我便在八（1）班上贴出了生物学创先争优过关统计表，并让同学们把近期过关的每一个专题进行自我评价——在背过的专题内容下画上"红旗"。听说我要把统计表拍下来发到家长群里，一个个还没有登记的拿着《会考说明》争先恐后地排队画着。

暗中观察发现，徐锋在座位上居然有些蠢蠢欲动——一会儿悄悄看看我，一会儿偷偷瞄向正在画"红旗"的同学们。其实，我早已知道：在班上那位同学帮助下，徐锋已经过关了多数专题任务。这时候他一定是心里有了足够的底气，才想着要去画"红旗"的。只不过因为我在场，碍于面子才一直没有上前去画红旗。考虑徐锋心里的那个小九九，我有意提前一点点下课，快速离开了教室。

会考越来越近，看见八（1）班过关表上画的满满的"红旗"，再看看徐锋在内的几个老油条们一次比一次高的模拟考试成绩，我感到无比的欣慰。为了保持这种势头，我与班主任郑老师商量，征求大家同意后，把争先创优过关统计表用手机拍了下来发在了家长群里，随即发出一条帖子：

各位家长，孩子们近期特别努力，刚才上传的就是他们的生物学过关情况，希望与家长和孩子们共同分享这暂时的胜利果实，再接再厉做好最后的冲刺。

周五晚开始，家长群是孩子们的乐园。这一次，徐锋居然第一个在群里跟帖发出了一个大大的"大拇指"。

其实，师生冲突并不可怕。怕的是我们眼里没有了"孩子"，怕的是我们忘记了自己是教师，怕的是那时候失去了教育的职业理性。

把自己教成孩子

那天下午，我正在备课，突然听见门外有人喊报告。

循声望去，只见八（2）班小旺走了进来，后面还跟着两小伙，是小盼和小昊，手里各自还拿着生物练习册。原来，是小旺领着他们二人来交生物作业。小旺说科代表前日里收生物作业时他们俩都请假了。

任教多个班的生物课，遇上一二个学生不交作业是司空见惯的现象。时间一过，老师也许就会忘了。尤其是工作忙的时候，谁又会每次都一本一本地去清点本数呢？

这几个孩子今天怎么这么较真儿？那时候，我还真的顿生出一股小感动来。他们并不是没把学习当回事，我为他们主动交作业而感动。我该对他们说什么好呢？

"嗯嗯，这就很好嘛，值得表扬，值得表扬！"我突然想起了陶行知先生的"三颗糖的故事"。我抚摸着他们二人的肩膀说："你们知道我为什么要表扬你们吗？"两孩子愣住了。

是啊，拖交作业没挨批评不说，怎么反受表扬？看得出他们眼神里似乎有些发懵。我满怀欣慰地说："看得出来，你们俩都是靠谱的人！把学习当成自己的事的人就是讲信用的人，就是靠谱的人！"接着我鼓励他们说，学习是自己的事，老师任教四个班，一百六十多号人，可能会照顾不过来。如果每个人都像他们一样自觉地把学习放在心上，还用得着担心学习成绩上不去吗？我说我还要在班上好好表扬他们。

上课铃响了，我让孩子们回教室上课，咚咚咚地，脚步声明显带着一股欢快劲儿。坐在办公室里，我像个小孩子似的依然还沉浸在这个小感动里。平日里那些找我"套近乎"的镜头隐隐约约出现在眼前。

就说这个小旺，他只是科代表的同桌，可每次科代表抱作业本他就跟在后面。一来到办公室，就抢着与我打招呼，轻声细语地问："老师作业改完没？"或是告诉我："老师今天作业收齐了！"

小昊也是，课堂上，老师问题一出，他总是手举得高高的，争着抢着回答；在校园里，要么跑上来帮你拿实验器材，要么帮你扛桶装水，总是变着法子与老师套近乎。

还有小盼，遇上我外出耽误了课，下次来班上上课时，他总是一脸失落的样子问："老师，昨天您怎么又没来上生物课啊？又被数学老师占了！""对不起啊，还不是因为出去开会了"当我歉意做出解释时，他会马上又说"老师，今天晚自习是数学，我帮您要回来吧？""好哇，不过不能说要回来，因为数学老师本来就是帮我的忙了！"我想试试他的"三寸不烂之舌"。

其实，师生交往中类似这样的小感动时时处处存在，只不过我们因为各种原因有时候缺失了一双发现美好、感悟美好的眼睛。

有人说，老师要用放大镜去发现学生的优点，我支持这个说法。不过我要补充一点，当老师的还要用缩小镜来聚焦孩子们，我们不能什么时候总是用成人的眼光去看待孩子们的事，要用一双童眼去发现他们身上的真善美，去感悟他们的那份童真与童趣。

比如课堂上，有孩子开了小差，如果马上气上心头一顿呵斥或批评，我们就失去了一双童眼。这时候，我们要把自己当成一个孩子，要想到是不是有更吸引他的事出现了。如果可以暂时满足他们好奇心的，不妨把课停下来让大家一起享受；如果不可以满足的，不妨以"有一个同学没有听讲""有一个同学忘了记笔记"给予温馨提示，每个人不都是在提醒中长大的吗？再说成人都还要提醒呢。

惰性是每一个人都有的，尤其是孩子们。当遇上有学生没有交作业的情况，老师不能一味地斥责他们。我们要走进孩子们的内心世界，要分析他们某一天某一时的所思所想所作所为，或许是不会做，或许是玩忘了，或许是真想偷懒。更多的时候，是因为孩子们不会管理自己的时间。总之，我们要保持一双"童眼"。

苏霍姆林斯基说：只有那些始终不忘记自己也曾是一个孩子的人，才能成为真正的老师。"特级教师于永正说过："我教了四十多年书，最终把自己教成了孩子！最终把自己教成了孩子的根本标志是童心未泯。因为童心未泯，所以我们备课时，才能把自己当成两个人——一个是"老师的我"，一个是"学生的我"。只有把自己教成孩子的教师，备课、上课以及处理学生问题时才可能以人为本，因材施教，学习才可能真正发生。

拖交风波

在这个以人为本的时代，身为教师，我们不得不经常为班上的懒学生、不听话学生而头疼。但是，有时候，换位思考一下，学生懒，学生不听话，也是事出有因。

那天早上，我正准备批改作业。拿出红笔时，方才发现三个班的作业，又只有两沓摆放在办公桌上。从堆头上看，交来的两个班也明显没有交齐。莫非八（2）班又没交？定睛仔细查看，果然不出我所料。

今年这些班的孩子们怎么了？拖交成瘾了？这些科代表也太不给力了吧？开学初才分的班级，学风就是这个样子吗……一串串问号在我心头生起。那时那刻，我几乎见什么都是火，哪还有心思改作业啊！砰，握在手中的红笔被我狠狠地扔到办公桌上。趁着下课十分钟，我决定去教室探个究竟。

咚咚咚，很快，我跑到八（2）班教室门前。感觉那时，我的眼睛像一把利剑直接射向科代表小娟："搞的什么名堂，昨天的作业，这时候还没交来？你这个科代表是怎么当的？"

小娟，一个瘦小的姑娘，霎时被我这气势汹汹的样子吓坏了，一边急急忙忙从座位下面拿出一小沓追收的作业本，一边流着眼泪无可奈何地告诉我说："老师，我催了好几遍了，他们都说没做完，我……"

"他们不交算哒，交的越少越好，免得劳烦我批改呢！"只觉得我那时的声音震天响，教室里所有人都吓得停下手中的其他作业，几个见机的小家伙连忙把生物学作业递了过来。没等他们放稳，我一把接过科代表手中那一小沓作业本，三步两步地跨出了教室，差点儿与催交作业的数学老师和英语老师撞个满怀。

学生，不交作业，这叫什么事儿啊？！坐在办公室里，我还在喘着粗气儿。同事见我一脸"包公相"，开玩笑说："都是拖交惹的祸，算了，何必生那么大的气呢？你自己不是常说莫拿别人的错误惩罚自己吗？"我无言以对，只是伴随着一阵苦笑。

有什么办法呢？谁叫自己任教的生物学科是"副科"呢？谁不知道当下一些家长、学生、甚至科任教师、学校领导依然只重视那些中考科目？这年月，学生们几乎有一点空余时间，都被语数外等主科教师们瓜分得一干二净，比如早锻炼、课间、饭后，睡觉前……随时随地都能发现孩子们赶作业的身影。

一阵牢骚发完后，同事的话提醒我开始换位思考。仔细想来，当下的学生们的确也有诸多不容易——不能春游，不能野炊，不能玩所有挑战性运动，一天到晚被关在笼子里读啊背的。思来想去，心头的气儿似乎消减了许多。

同事见我脸色由阴转晴，一边改着作业一边继续安慰我说："所以嘛，我的地理作业都是课堂内完成的。我算看出来了：作业留课外只能是给自己找气受！"课堂内完成？这能行吗？学校要求全批全改、每一节课后要有作业，这是不能动摇的硬性规定。我在心头嘀咕。

正在谈话间，一位语文老师进来了："今年学校订的练习册题量太大了，一节课内容课堂上根本做不完！"这时候，我才认真细致地再次打开了本学期《金牌生物练习册》。

是啊，怎么这么多呢？几乎每一章节，都包含温故知新、合作探究、生活链接、基础达标几个板块，而且每一个板块中涉及填空题、思考题、实验题、简答题等，还不是三五个，而是十来个，A4篇幅差不多就有满满4页纸呢！这么大的量，孩子们能在课堂内完成吗？要完成的话，那老师能讲授多大点儿时间？再想想同事的话，觉得也是这个道理——与其说布置了没时间做，真的不如不留过多的作业了。看来，是我没有调查委屈了科代表，冤枉了孩子们啊！

怎么办？我不得不首先反省自己。现在不是一直提的是高效课堂吗？是不是我的课堂不够高效耽误了孩子们作业的时间呢？我决定先对课堂做些瘦身。哪个地方可以砍呢？我从课堂导入、自主学习、合作探究、知识梳理、达标检测等等环节试着手术——这两分钟，那三分钟，一一地我都做了"分分钟"的"瘦身计划"。

到这儿，还不行啊，教室里，还有45颗"冰凉"的心需要我去焐热哩。

第二天下午第一节课，是八（2）班的生物课。我带着几分愧疚走进教室准备实施"温暖行动"，这时却意外的发现，孩子们的脸上，表现出与以往课前的一丝儿不同来。是什么？我想起来了——孩子们一定还停留在昨天的"雷霆万钧"后惊恐之中。他们的思想上一定还有留有几分放不下的担忧：今天，我们会不会又有什么做得不好而招惹生物老师生气呢？

从他们的脸上我解读出了他们的小心思。这样下去不行，我要消除他们的恐惧。"孩子们，以前你们做错了事，都是老师批评你们。昨天老师也做错了事，今天也来个自我批评吧？"嗯——听我这么一说，孩子们突然一愣，一张张紧绷的小脸儿开始放松下来。我接着说："昨天，老师没有弄清楚情况，就随便责怪大家拖交作业，还批评了科代表工作不力。是我，冤枉了大家，我要向大家道歉，更要向一直耐心为大家耐心服务的小娟科代表道歉，请大家原谅我！""噢——"听我这么一说，一张张紧闭的小嘴儿终于又开口了，几个小家伙一边小声叫嚷着，还稀里哗拉拍起小手来。

我见大家已冰释前嫌，重新回到往日课堂上的那个欢快劲。我告诫大家："毛主席告诉我们，没有调查，就没有发言权。大家一定要记住这个道理。"接着，我告诉大家："经过调查，我发现我们这学期使用的《金牌练习册》题量太大了，课堂内给的时间很难做完！""额——是呢，太多了！""我也觉得有点多，每次都要写好长时间哩。"几个学霸也在下面连连点着头。

"那怎么办？"我显出为难的样子。

"减些去啊，老师！"几个懒鬼听了这话脱口而出。

"怎么减？减填空题？减简答题？减选择题？减少了，大家不乐意，减多了，将来拿什么考？"我又显出一份难色，孩子们一个个也瞪着大眼情想不出法子来。

"老师，减掉简答题吧，简答题太不好做了，感觉每次都说不通顺！"

"那不行，老师说过，简答题就是检测我们运用生物学知识能力的，不能减掉！"

"减掉填空题，我觉得填空题就是照着书找关键词，填几个空格而已。老师说过的没有思考的学习就不是学习！"

"那不是减掉了基础内容吗？那到时候考到了一些生物结构、功能什么的，写不倒字儿怎么办？"

"……"

45 张小嘴儿，你一言，我一语，当堂就议论开了。没想到，我平日里给他们灌输的那些迷魂汤，还没有完全当成耳旁风。更让人欣慰的是，一个二个的，学习的基本愿望还是有的，只是每一个人身上都存在着小性子。或懒惰，或好玩，或缺乏意志力。

我的学习我做主。经过孩子们自己激烈的讨论，最终我让他们通过举手做出了决定：减掉填空题，认认真真做好选择题和简答题。我怕他们不放心，决定填空题内容放在早自习时间，阅读后检测予以弥补。

就这样，一次"拖交"惹的祸，以我的"妥协"而平息。

经过"供给侧"作业改革，我发现，几个班作业的确发生了变化。八（2）班这个"拖沓班"的标签也摘掉了。特别是，交来的作业"顺眼"多了——"白板"少了，"无头无脑"的少了，"缺胳膊少腿"儿的少了。当然喽，我这个科任老师的"生气"也少了。

回到办公室，拿起当天的报纸。习近平主席提出的照镜子、正衣冠、洗洗澡、治治病12个大字跃入眼帘。是啊，当老师的，也该照镜子、正衣冠、洗洗澡、治治病了。

照镜子，照什么？我觉得师德规范就是我们的大镜子。照一照，看看我们眼里有没有学生，照一照，照掉师道尊严，照掉唯分至上，照掉功利主义，照掉打着安全幌子的诸多不作为。永葆一颗教育良心，秉承一份教育良知。

洗洗澡，如何洗？及时检讨自己的问题，学会俯下身子看待学生，应当和学生站在同等的位置去看待问题，不可高高在上，始终以严师的态度对待学生。要学会宽容学生，走进学生的心理世界，理解他们，把更多的爱给予他们。不要老是把不听话、懒惰等等一些刺耳的话语带到课堂中去。

治治病，先治治职业态度上的庸懒散软、不思进取的守株待兔之病，再治治教育理念上因循守旧、顽固不化的刻舟求剑之病，最后治治教师专业发展上的拿来主义模式主义，不求变通的缘木求鱼之病。

吾日三省吾身。在一个一味追求高效，追求功利的当下，教师，真的要三省吾身。唯有此，人类灵魂工程师，才能以神清气爽、正气傲然之身育出国家和民族的脊梁之材。唯有此，太阳底下最光辉的事业才能在我们每一个教师身上熠熠闪光。

名不副实的学科带头人

不知从什么时候起，教育主管部门在中小学校评起了"学科带头人"。从字面理解，冠此头衔者该在此学科领域带个头，或许该在所在区域带个头吧？可事实并非如此。

去年暑期，笔者有幸参加了省农村教师素质提高工程学科带头人培训。亲眼目睹小学语文学科带头人培训班上一怪现状：一名58岁的学员因高血压突发，脑出血中风晕厥。所幸的是班主任及时发现，迅即送往附近的陆军总医院急救后转危为安。

此消息刊登在《武汉大学农培工作简报》上。与会的两千多学员们禁不住赞叹这位老教师冒着酷暑千里迢迢求学的敬业精神。同时，学员中不禁出现了另一种声音："这么大的年纪，怎么还被派出来参加培训？""都58岁了，马上要退休，还是学科带头人，又能带什么头？"一语道出了当今教育培训的尴尬。

其实，像这位老同志一样，参加这次培训的冒名顶替的人还不少。据了解，在笔者在读的生物学科带头人培训班上，有教龄仅仅一年的新教师，更有刚从部队退伍转行到教师队伍学校安排教历史的。

我们佩服老教师的活到老学到老的终身学习态度，也佩服非科班教师主动请缨的积极进取精神。可是外行只能看热闹，参加旁不相干的培训于己何益？

学员年龄、专业上的参差不齐，让我们不禁思考培训活动的目的意义，质疑学科带头人这个称谓。何谓学科带头人？作为国培计划的一个子项目，哪些人适宜参加学科带头人培训？

毋庸置疑，学科带头人当是学科发展的领头羊，他们站在本学科教学和科研的前列。在区域教育领域，带领本学科提高教学和科研水平。各类学术活动的开展，靠的是他们的真带头。可是一些地方的教育主管部门，一些中小学校，却没能让这些教育资源发挥应有的作用。

首先是数量上无法带头。就笔者所在的县市来说，全市本届学科带头人不到50人，60所学校平均不到1人，而且多集中在教研部门及高中的一些大学科里。一些多达两三百名教师的农村乡镇，一名学科带头人也没有。乡镇之间、学校之间、学科之间严重不平衡。这样的星星之火，可以燎原吗？

其次是结构上不能带头。学科带头人队伍中大多数已经50出头，有的甚至临近退休。年龄在40岁以下的所占无几。参差不齐，候补断层的结构缺乏发展后劲。在创新能力、开拓精神都相对落后于年轻人。这样的学科带头人评出来能带头吗？

最后，从管理任用上看，没能带头。由于缺乏明确的考评办法，已评上学科带头人的教师，大多也只是在享受其待遇而已，有的从来没有讲过一次公开课，哪怕是做一次培训讲座。大多数学科带头人在其位不谋其政。

这种局面已严重影响着学校的全面建设和教育的均衡发展，制约着当地教育水平。建议教育主管部门，一是从制度层面上，规范制定评选方案，研究拟定考评和管理办法，明确待遇和职责，形成长效评价管理机制。二是从队伍建设层面上，在认真调查摸底的基础上，有计划的开展评选、调配、培训和以老带新活动，确保每一个乡镇有学科带头人，每一所学校有学科带头人，每一个学科里有学科带头人。这样的学科带头人评选、培养、任用才有价值和意义。

"迷路"的小江

中央电视台综合频道的《今日说法》是我每天必看的午间档节目。我关注它的每一期个案，喜欢与主持人一起走进当事者的心路历程。走进案件的前前后后，我们不难发现，那些走向违法犯罪道路的人，在他们人生的某个节点上几乎都有过"迷路"的苦恼和彷徨。每当看完一期节目，我心头就萌生一个想法：要是那时候有人为他点亮一盏心灯，他们怎么会走向不归路呢？

那个周五放学后，我匆匆忙忙锁好教室门，正准备搭乘末班车回家。突然，校长打来电话，要我马上去校门口。我顿时心里一紧：一定摊上事儿了！

几乎是跑向校门的。远远地，看见我班的小江和小文正耷拉着脑袋站在校长面前接受训话。

校长见我来了，就把两个"嫌犯"交予我处理。仔细一询问，才知道这两孩子因为一句话不投机争执起来，小江说要用刀子捅死小文，恰巧被路过的校长听见。

这年头一听说刀子两个字，地球人的神经就会立马绷紧。这不，校长这才令我这个班主任亲自调查处理此事。

小江个子不大，平日里面目也很和善。但眼前的小江，为什么眼神、发型，乃至从头到脚，都似乎一头好斗的公牛呢？仔细打量小江，我不由得想起今秋开学报名时的一位家长。

8月31日是秋季开学日。那天上午各班正在紧张地报名。当时因为全班同学的家长都在教室外面排队，等候缴费报名注册。这位家长因为插队与另一位家长争执起来，他也说要用刀子捅死对方，好在旁边一位家长及时劝阻，双方才没有打起来。

回想起那位口出狂言的家长，小江从长相到神情，以及那一股子牛劲儿，还真与他几分相像。试探着从小江那儿一打听，果然，那天斗狠的那位家长正是小江的父亲。

这可怎么办？难道真是有其父必有其子吗？对于小江，我纵然可以先管住他，但对于小江的父亲，我可没有办法啊！再说，在学校里我纵然可以管住小江，可毕竟他还要回家啊，跟着这样的父亲在一起生活，到那时候我的话还管用吗？我所做的一切会不会前功尽弃、化为乌有？再进一步说，我仅仅是孩子的班主任，遇上家长耍横，我怎么又惹得起呢？

我打心里知道小江的家庭教育有问题，但是我不能直接说出来。若是在孩子面前说了他父亲什么不是，说不定他父亲就会缠着我这个班主任不放，到时候耍起横来我怎么办？由于时间已过下午五点，我要搭乘最后一班车回家，便搬出"班主任"的令牌，先行给两孩子一个怕字，然后稳压，戴高帽子，草草叮嘱他们同学之间要团结、要和睦相处、为人处世待人要友善之类的话，暂时平息了事态。

"用刀子捅死你"坐在车上，这句话犹如定时炸弹，滴答滴答在我耳旁响着。周一的课外活动时间，我迅即找来小江谈话，欲从他的心理现状及他们的家庭教育情况探底，寻求口出狂言的问题症结。

从小江的谈话中知道，母亲离家出走好几年了，父亲常年在外打工，小江与奶奶一起生活。打小时，他的父亲就告诉他："在外面胆子要大点，不要怕！只要有人欺负你，你就大胆和他搞，搞不赢喊我来！"听了小江这话，我突然意识到：我真的摊上事儿了，我摊上大事儿了！小江，我拿什么来拯救你呢？

"没妈的孩子像根草"，看着面前这个没妈的孩子，这个缺少亲人关爱的小江，我是既同情又无奈。怎么办？深入思考后，我决定只有从我这个班主任一亩三分地——小江的自身教育入手。于是，我想探探"水深"——看看小江对父亲的那种"以牙还牙"教育的看法。

我首先对小江问了一个问题："小江，如果有人欺负你的兄弟姐妹，你准备怎么办呢？"

"我一定要站出来和他讲理，帮助我的亲人！"小江毫不犹豫的回答我。看得出，小江还是有亲情和是非观念的。

"说的很好！小江你知道吗？人与人之间，特别是同学之间能在一起学习、生活是一种缘分，就跟我们自己的兄弟姐妹是一样的。生活在一家的兄弟姐妹怎么可能有什么深仇大恨呢？"我开始让他正确认识同学关系和人际关系。

"嗯。"小江开始点头，眼睛里似乎出现一丝儿亮光。我接着紧紧抓住不放："既然没有深仇大恨，那犯得着像对待敌人那样用刀子捅死对方吗？"

想起他父亲那句话，我知道孩子好斗敌视他人思想的根在他父亲。我接着对小江说："天底下所有的父母亲都是爱自己的孩子的，你爸爸正是出于对你的爱才说出那样的话。"稍停了一会，一边抚摸着小江的头嗔怪地说："你可不能当真啊！都快成大人了，要懂得父母的良苦用心哦——爸爸一人带你不容易，要少给父亲添乱，全心全意搞好学习才是最好的报恩啰！"

话已经慢慢沁入到内心深处，唤醒了孩子的良知。最后，我严肃地告诉他："以后可千万不要动不动就是用刀子捅死别人的狠话，说出这话来的人多没有品位啊！"

"一个人要对三个方面负责任：自己、家庭和社会。你已经是一个中学生了，应该考虑到说出这句话的后果啊——你本来只是随便说说，想吓唬吓唬别人，可万一遇上一个比你不知天高地厚的人，你还只是说拿刀子，他却已经将刀子插进你的胸膛，那可怎么办？"我眉头紧锁盯着小江："哎呀，想起来都后怕啊！"小江的脸刷地红了，惭愧地低下了头。从眼神中看得出他已有几分后悔之意。

家长是孩子的第一任老师，在孩子的健康成长中，家庭教育是关键中的关键。苏霍姆林斯基说过："教育的效果取决于学校和家庭的教育影响的一致性。没有这种一致性，学校教育就像纸做的房子一样倒下来。"看得出，指望家庭对小江的教育起到多大作用，暂时来说恐怕只是一种奢望。那么，对于小江的教育，作为班主任，我总不能听之任之，坐视不管吧？家长方面的问题，我固然要寻找合适的切入口。

要迅速终止小江的思想认识现状，我得想别的办法。想起一位教育家说过："家庭教育是一种平等的双向、互动教育。平等的前提下是家长可以指引孩子的教育，也可以是孩子纠正家长的教育，还可以是'和平探讨'出'真理'的共同进步的教育。"我知道在小江的教育上，我可是遇上了一个难缠的家长。对小江的教育，那我只能依靠小江自己了。

我想"曲线救国"——试着先让小江教育他父亲："小江，你是读书人，是知书达理的。你可要学会判断是非，以后父亲再说出用刀子捅死别人之类的话，你可要站出来指出他的不对，你要警告他打人杀人是犯法的！"小江禁不住笑起来了，连连点头说"好"。

考虑到家长毕竟是成年人，还是做一份帮教指望吧。顺便从小江那儿问了父亲的电话号码，随即给小江的父亲发去一条短信：我是小江的班主任。小江在我们这个大家庭里，就和自家兄弟姐妹一样，互相帮助，互相体谅，幸福快乐的生活着。请家长放心，也请家长鼓励孩子学会克制、学会包容、学会尊重任何人！

晚上，终于收到家长的回复：谢谢老师。尽管只有短短的四个字，至少已经搭建起通向家校互助的心灵之桥。短信也告诉我，小江的家长也不是铁板一块，起码的人际礼尚往来还是有的。

有了这第一堂"授课"的成功，我决心再寻找第二次机会。终于，机会来了。一年一度的贫困寄宿生补助对象开始认定。按照学校的要求，在班上进行了政策宣传。我把分配的 8 个指标告诉了全班同学，并根据平时的观察了解，有意识地让班上那几个贫困学生写了申请，其中重点考虑对象就是小江。

没想到，交来的申请多了两份。经过仔细权衡：父母一方死亡的，父母离异的，家人遭遇重大疾病的，多子女的等等，单从申请书上的自述还难以对其中几位甄别出贫富差距。

怎么是好？我把自己的为难在班上一讲，当即有一位同学就自愿的放弃了申请。这时候，我手中依然还持有 9 张申请书。当我拿着申请书表示通过走访家庭和村委会干部进一步确定贫困对象时，小雯又站了起来："老师，我也放弃申请，把机会留给其他几位同学，特别是小江——小江家里只有爸爸一个人在外面打工，家里还有多病的老奶奶，他最需要帮助！"

这时候，坐在一旁的小江嘴唇又嘟哝了一下。看得出，他心里既有推辞又有感激。"好啊，感谢小雯的体谅。我说嘛，同学之间就跟亲兄弟姐妹没有两样！"我随即宣布了班上 8 名贫困寄宿生认定对象，一边发着认定表，一边转身对小江说："小江，要好好学习哦，你看大家都在帮助你呢！记住告诉爸爸委托奶奶帮你签字吧。"

很难得的"二次授课"。不知道小江的爸爸先前那种待人观点是否有所改变？我也知道短时间的说教未必能有彻底转变一个人。但是我相信，坚冰也会有融化的一天。

我知道，是复杂的家庭原因让小江暂时"迷路"了。小江的未来会怎样，我理当一直关注着，只要有合适的切入口，我这个班主任一定会尽自己一份微薄之力。看着小江近来几周的欢快劲儿，我心底里暂时总算有一丝慰藉——我感觉，一盏心灯正在被点亮。但愿这盏心灯经得住风吹雨打，越亮越明，能照亮更多迷失方向的人。

书信的力量

小时候，通讯不发达，人们常用的远程交流方式多是书信。读中学那段时日，除了放寒暑假，平时间很少回家，如果需要钱和口粮什么的，靠的就是书信与家里人联系。

见书信如见人，每一次书信的到来，感觉它似乎不仅仅是捎来一份家的希望，更是带来的一份家的温暖。也就是有了书信，平日里父亲的那些叮咛，母亲的那些唠叨，再没了面对面的那般厌倦。每次把信捧在手心里，突然间感觉沉甸甸的，眼前变得模糊起来。书信，一度成为激励我发奋读书，跳出农门的无形力量。

参加工作以后，通讯工具越来越发达，书信离我渐行渐远。那天，办公室里数学老师从课堂里带回了几个调皮鬼。没想到，师生间几轮面对面的"交锋"下来，有的没等老师训斥完就愤愤然甩手而去。留下来的几个，也一副横眉怒眼的样子。显然，这一次"面批"宣告失败。

看着数学老师那个"苦瓜相"，一旁的我突然想起一个问题：为什么孩子们对当面说教不领情？转化这些"不听话"的孩子，可否借助书信的力量？也许，换一种方式教育，给孩子们一个思考缓冲的空间后会出现一些奇迹呢？所以，我首先想到了借用练习本和QQ。

我任教的生物学科，一个星期两堂课，每次课堂上有不听话的孩子，我除了用眼神，暗示语提醒之外，一般不会当众批评他们，而是事后通过练习本往来传情。期中考试后的一次课上，科代表小汤一直与同桌唧唧咕咕讲着小话，我与平时一样发出"还有一个同学在讲话"提示语。可过不了几分钟，两小子又是"涛声依旧"。从他那面部喜色可以证实这几天其他科任老师说的话："小汤这次考的好，开始骄傲了！"

难道真的沉不住气了？当天的练习本交来后，小汤的作业首先引起我的关注。改完后，我用一张纸条写下了这样的批语：细节决定成败，态度决定高度，让优秀成为习惯。真是响鼓不用重锤，后来的课上，小汤的确沉静了许多。受他的感染，同桌也孤立无援进入了学习角色。

小纬是家里的老二，中年得子的父母尤为宠爱他，他把优越感带到班上，无论干什么总要凭着他的性子。平日里，大法不犯，小错不断，被同学们称之为"混世魔王"。七年级科任老师也视他为"油脸皮"，一提起小纬就摆脑袋。教育这样的孩子，显然是一个急不得的"系统工程"。

为做好长期作战准备，八年级接手新班时，我特意来了一个自我介绍。我告诉大家，我喜欢交朋友，爱读书，爱写作，有好文章喜欢与朋友们分享。我还在黑板上写下我的QQ号，大张旗鼓地"招募"QQ好友。

那个星期结束，孩子们刚回家，我的QQ提示音叮咚响叮咚响起来。不一会儿工夫，一个班四十多号人尽揽在我的网中——成为我的QQ好友。小纬，当然成了我的重点关注对象。

孩子们只是感到新鲜好玩儿，可我当然是有目的的。一方面，他们周末的动态，全在我的掌握中；另一方面，我想利用他们爱玩QQ的这一点，通过书信往来与他们套近乎。小纬的为人让我想起了中学时读过的《周处》。于是，我从百度搜索全文后专门转发到我的 QQ 空间里，特别提醒 QQ 分组中"我的学生"阅读观看。那一天，我的空间显示"小纬查看了我的日志《周处》"。嘿嘿，既然查看了，想必聪明的他会以周处之为镜子，好好地照一照自己吧。

我外出学习培训了一周，培训期间请了一位"虎老师"代课。小纬遭到了前所未有的"优待"——面批，罚站，"泼冷水"都在他身上发生过。那天我刚回宾馆，走读的小纬一放学回家就给我 QQ 发帖：

"老师，什么时候回来？想您了！"我已经知道发生什么，故意问他："怎么了，小纬？"

"那个老师好凶，她就凶我，555！"这头的我只觉得好笑。见时机有利渗透教育，便发过去一帖："不管老师是谁，都要好好学。因为学习是自己的事，把学习搞好是学生的责任！"

"嗯嗯"估计此时能听进一点点了，便再补充一帖过去："小纬是我看好的孩子，只是目前还差一点自控能力，相信你能自我提醒慢慢改正的！"

"老师，您真是这样想的吗？"看来，小纬是自信心不足。

"当然，早些睡吧。我相信我的眼睛不会看错人！"小纬似乎动了心，发来一个"拥抱"表情符。

后来的课上课下，我发现小纬有了一些细微变化，好像多了一点羞涩感，言行举止不再那么张扬了。见面打招呼时若有所思，没了原来那般吊儿郎当的邪劲儿。我感到丝丝欣慰，因为我似乎看到了"书信"的力量。

雅斯贝尔斯说："教育的本质就是一棵树摇动另一棵树，一朵云推动另一朵云，一个灵魂唤醒另一个灵魂。"回想 20 多年来与一些特殊孩子们打交道，又何尝不是这样呢？哪一个人又不是在不断的摇动、推动、唤醒中长大的？我们当老师的，不就是那一个不断唤醒孩子赶路走正道的引路人吗？

追星的孩子

最近，重庆有关部门在青少年学生中做了一个问卷调查。据报道，在回答"你心目中的榜样或偶像是谁"问题时，大多数孩子写的是娱乐明星。一时间引起部分家长的担忧。我认为，青少年孩子选择娱乐明星作为人生榜样，没有什么大不了的问题，对他们未来的成长也并无大碍，家长们大可不必过分担忧。

青少年孩子们追星的缘由并不是那么令人可怕

青少年孩子们之所以选择娱乐明星为榜样，这是与他们这个年龄的记忆特征分不开的。心理学表明，处于青少年时期的孩子，对图片、相貌、颜色、声音等最为敏感，兴趣浓厚，记忆效果也比较深刻。换句话说，青少年孩子的具象记忆要优于抽象记忆。在课余生活中，通过手机、电视、电脑、电影等媒体，孩子接触的大量信息都是这些娱乐明星们的看得见的具象内容。而其他人物，比如某文学家、科学家、伟人等差不多都是在课本、书籍中通过抽象的文字叙述了解到的。相比之下，自然不及前者那样印象深刻。

　　青少年孩子之所以选择娱乐明星为榜样，也是与他们的心理特征分不开的。心理专家孙云晓认为，处于青少年时期的孩子，尤其是独生子女，由于存在感情需要、向往成功、寻求刺激、追求时髦、发现理想的未来自我等心理特征，在一个相对禁锢的课余生活圈子里，唾手可得的娱乐明星之存在，恰好契合了他们这种心理需要。多次与明星"面对面"的接触，某娱乐明星就渐渐走进他们的心灵，甚至把自己相对定格这一理想位置。

青少年孩子们追星的后果也不会那么令人可怕

　　娱乐明星并不是坏榜样。俗话说，台上三分钟，台下千日功。追溯任何一位娱乐明星的成长历程，无一都没离开兴趣、勤奋、拼搏、坚持等包含着浓浓励志情结的关键词。无论是做家长的还是做老师的，都不能带着有色眼镜看人，抛弃过去那些陈旧的人才观念，转向并培养更多的全面发展的人。实事求是的讲，在各类娱乐明星中，绝大多数人身上承载着某种程度的能够激励青少年学生奋斗前行的正能量。所以，视这样的人物为人生榜样或偶像，没有什么不妥之处。

　　综艺节目传递的并不都是负能量。媒体主办的综艺节目中，娱乐明星的出现，无不展现出自信、大气、靓丽、高雅、端庄的气质。作为一个渴望成功，渴望成为引人注目的人物的青少年孩子，他们崇拜明星，追随明星，在明星的表现中发现自己潜藏的素质，逐渐加深对社会对自身的认识，不断地检验自己，发现自身的不足，自觉地进行自我调整。他们从自己崇拜的偶像中悟出偶像所以成功的原因，总结出他的偶像走向成功的秘诀，并结合自身的条件去实践。这对于他们尽快地发现自己、尽快成才无疑具有推动作用。以这种方式向社会展示自己的才华，无疑对社会也是一个贡献。

青少年孩子们追星的热度也不会那么令人可怕

随着年龄的增长，孩子们的认知水平，思维方式会发生改变，辨别是非的能力也会逐步提升。加之，受到学业内容、学习目标的驱使，他们的批判思维能力会明显增强，认识和判断事物更趋于责任、理性和良知。所以，当年的那股追星之热，就会出现一定程度的降温。这时候，对于大多数青少年孩子来说，或许更多的想的是自己的理想、信念和未来。回想当年，我们这一代人不也是当年的追星一族吗？教师及家长们也大可不必担忧会出现什么严重后果。

诚然，从调查问卷中叶无不折射出当下青少年学生成长中的一些问题，比如榜样文化的缺失，媒体正面引导的不足，等等。

作为家长，尤其是独生子女家长，要多多抽出时间陪伴孩子，与孩子们一起读书、劳动、生活。观看综艺节目时，尽可能选择与孩子一起观看，一起分享，在那些被视为榜样的娱乐明星身上，给予更多的正能量解读和传递。

作为学科教师，要认真分析学生追星背后折射出的心理需求问题，在尊重追星现实的基础上，以课堂为阵地，发现挖掘讲述学科领域的名人故事，试图冲谈、"策反"学生不正当的星生关系，引领更多的追星学生重新选择树立适合的人生榜样。

自主的作业

陪孩子写作业到心梗？在广东佛山有一所学校，学生竟然可以对自己不想做的作业说不！据了解，为了给学生减负，给家长释压，一项名为自主作业的探索正在顺德某实验学校实行。

何谓自主作业？该校校长表示，所谓自主作业，就是学生拥有对各科老师布置的作业提出做或不做的权利。该探索推行一个多学期以来，学生反馈有负担减轻，自己日作业量减少了一个小时，家长也表示会尊重学校做法。

解铃还需系铃人。我认为，学校试行自主作业，是教育供给侧自我纠偏的积极作为。在减负呼声越来越高而强烈的当下，我们应为这种勇于解铃的行为点赞。

近年来，各地不乏学生家长倒苦水的例子。据报道，成都一位邓先生通过媒体倾诉苦经：女儿上小学才4周，他就患上了QQ群恐惧症。每天下午4点开始，他就必须盯着手机，收集各科老师布置的作业。稍有遗漏，女儿第二天就挨了批评。再者，拿到作业还只是痛苦的开始，守着孩子做作业才让他崩溃。一个字一个字地念，还要检查，还要算娃娃完成的正确率，再签名，麻烦死了！

无独有偶，西安一位小学三年级的家长高先生则吐槽，他的女儿经常遭遇不会写作业的情况，他要与女儿一起绞尽脑汁。有时候作文难度明显超过孩子能力，看着孩子晚上十一点还在死磕。家长不得不帮孩子一起完成，有时甚至不得不代笔。

很明显，这些问题的矛头直接指向学校教育的内部。可贵的是，一些中小学校开始意识到了供给侧问题，而且着手了自我解铃这方面的思考和研究。之前的浙江某小学校发告别家长检查作业公约，今日的顺德某学校推行自主作业，无不给了学生这一学习主体一定的自主权和灵活性。

尊重了因人而异的自主性。学习是学生自己的事，对于家庭作业，学生及家长有权决定做与不做。之前一刀切的布置作业做法，没能考虑到家长和学生的实际情况，无形中给了部分家庭物质上、精神上或大或小的压力。部分家长和学生会因为家庭作业过多、难做而怨声载道，科任教师呢？因为学生作业未能遂愿而误会家长的不配合。几次下来，家校隔膜逐渐产生，或者还会酿成双方不应产生的不和谐因素。

体现了因材施教的灵活性。一个班级的学生在爱好、个性以及水平能力等方面是有着层次差别的，这就需要教师布置作业时考虑到这一点，给予不同的内容和难度要求。一个模子的作业是不科学的，过低难度的作业可能让优生做无用功浪费时间，潜力得不到深层次挖掘；过高难度的作业，让中低水平学生因为不会浪费时间；不切家庭实际的作业让家长和学生为难，久而久之还会因经常性完不成而丧失自信心。实行自主作业，一定程度上可以缓释这些矛盾，给家庭给学生在选择上以更大的灵活性。让每一个人既"吃饱"又"吃好"。正如该校一位同学说的那样，计算题是他的强项，但是应用题不是。他选择半自主学习后，就可以专攻应用题，腾出更多时间来提升思维能力。这也正回到因材施教的本义上。

增强了因势利导的针对性。实行自主作业会不会将负担转移到教师身上？其实，哪些学生适合做什么题，哪些学生需要在哪些方面加强，科任教师基本上是心中有数的。自主作业只不过需要教师提前准备而已，不会产生额外负担。正如该校一位中层干部所言，自主作业实行后并不影响老师的正常备课，相反老师们会变得更加专攻，为有需求的同学提供某一知识点更灵活、详细的备课及辅导方案。自主作业无疑让拓展学习更有的放矢，让学习的主体和主导在每一个学生、每一名教师身上真实的发生。

当然，深入自主作业改革实质，依然还只是停留在主体责任上的减负——学生再有完不成作业现象，学校不会再予以追究了；若再有学生作业太多太难现象，家长不会再向外倒苦水了。能不能真正让家长和学生都敢于放下心来，不再有输在起跑线上的顾虑，依然需要学校、家长双方面从教育理念上彻底转变。无论是学校、教师、还是家长，都要克服急功近利的错误思想，心里要始终装着"孩子"，要把教育的效果看得更远些。

有故事的中学生

同学们，站在主席台前，打量每一张面孔，回放每一个镜头，我发现每一名同学就像一朵花一样，都是那般惹人喜爱。男同学，虎虎生威，英俊潇洒；女同学，温柔漂亮，楚楚动人。这让我想起了伟大领袖毛泽东主席的那句话：青少年朝气蓬勃，正在兴旺时期，好像早晨八九点钟的太阳，世界是你们的，也是我们的，但是归根结底是你们的，希望寄托在你们身上。

回想起来，我与你们这些如花似玉的妙龄少年已欢度了24个春秋。再掐指一算，与我一起学习成长的莘莘学子已经有4800多人。这些走出去的同学，或许就是你们的爸爸妈妈。常常地，会在大街上、公汽上与他们相遇，互报信息，有的还成了QQ好友、微信朋友、博客好友。

多年后的今天，只要他们说出自己的名字，哪一年毕业，哪位老师任班主任，我都会马上想起他们来，对号入座，一个号一个故事。记忆中，与他们一起学习生活的那些美好的画面历历在目。一幕一幕地，从眼前闪过，温暖如昨，渐渐模糊双眼。那是幸福的眼泪，那是令人骄傲而欣慰的眼泪。

很庆幸我们彼此都成了一个有故事的人。算起来我今年已进48岁，如果上天不负我，如果我自己不负我，选择健康的生活方式，我想活到100岁。按照这个目标活下去，我还有52年的人生。依照现行国家政策，我将在2032年底退休。也就是说，我还有14年的教师生涯。我何尝不珍惜？这短短14年，用来干什么呢？我想用这些时间再教2800名学生。我要和他们一起读书，一起学习，一起成长。啊，想起来这是多么令人欣慰，令人满足的幸福事啊！我要把这14年过成28年，不，42年，56年，我要给我自己，给我的亲人，给我的同伴留下更多更美好的人生故事。

青春不搏，一生白过。同学们，我们大家正处在一个编织美好故事的时代。大家不爱听大道理，我也不想给大家讲大道理，我只想和大家一起行动起来，让优秀成为习惯，做好每一件小事儿，养成每一个良好习惯。让我们每一个人都成为一个有故事的"安中人"吧。

做一个有故事的中学生，做起来其实很简单！那就是做好一个勤字，学在当下，勤在当下。课堂上，我们可以集中精力，专心听，用心记，潜心想，向45分钟里分分钟要效率；放学后，我们主动远离手机，或帮父母做家务，或复习当日功课，或阅读课外书籍，发扬我的成长，我有责任的担当精神，一个小目标一个小目标的收获成功，一天天，一步步，人生大目标就离我们越来越近。

或许有人感觉这个世界有很多不完美，但是换个角度来看，这个世界对于每一个人来说又都是完美的。只不过，这个完美世界需要我们有一双智慧的眼睛，去发现，去选择；需要我们有一颗善良的心灵，去感悟，去享受；当然，更需要我们有一双勤劳的双手，去创造，去开拓。亲爱的同学们，行动起来吧，我们虽不能改变那些不完美，但我们可以选择和适应那些属于我们的完美——发现美好，享受美好，创造美好，传递美好。

　　有句话说的好，人生能有几回搏，此时不搏何时搏。习近平总书记也告诫我们，幸福都是奋斗出来的。来吧，同学们，来吧，老师们，让我们一起伸出手来，为共同编制更多美丽的故事而努力奋斗吧。

第三辑　寻光

为了学生的核心素养

最近,《中国学生发展核心素养》总体框架正式发布。一时间,核心素养成为教育界的又一个热词。这是好事,是国民瞩目教育发展的大好事。我认为,核心素养已经跳出了三维目标素质教育的层面。核心素养框架的正式发布,表明教育时代的进步,表明教育理念的提升,表明教育终极价值的理性回归。一句话,它标志着教育目标上升到了一个前所未有的境界。

什么是教育?广义地讲,教育是人类社会特有的一种社会现象,是培养人的一种社会活动。从定义中,我们不难发现,无论哪一个视阈,无论哪一个层面,最终归结到一点:教育具有社会性,它是培养社会人的活动。

社会需要什么样的人?核心素养倡导者认为,学生发展核心素养,主要指学生应具备的、能够适应终身发展和社会发展需要的必备品格和关键能力。那么,据此总体框架,我们就不难解读出这个问题的答案:社会需要有一定文化基础的人,社会需要有相当自主发展能力的人,社会需要有积极社会参与的人。一句话，社会需要全面发展的人。那么，作为"上讲台的人"，核心素养需要我们一线教师做什么？我们的一亩三分地该发生哪些改变？我认为，这里面有两点是至关重要的。

我们的思想要"脱俗"。新时期，一线教师要积极主动学习发展学生核心素养总体框架，深入研究其内涵、主旨及要义。作为教育者，只有自身弄明白是什么、为什么，才有资格、有能力、有底气去实践做什么。因此，在总体框架的推动下，我们一线教师要积极主动改变当前存在的学科本位和知识本位现象，那种唯分数论、唯考试论的思想要尽快"脱俗"，理念要迅速更新。主动加上推动才有行动。一味地再谈分数，或许会被讥为 OUT 者、不识时务者、落后分子。培养全面发展的人需要的是教育人的境界。我们更多地要看到分数的背后，学生的参与、体验、获得、建构、形成的过程，不仅要培养学生的价值观、学习力，更多的要关注学生的思维力和生命力。

我们的行动要"避虚"。空谈误国，实干兴邦。按照专家学者的定义：素养 =（知识 + 能力）^{态度}。从公式中，我们不难看出，素养是知识、能力、态度的综合表现，核心素养是这些综合表现中最为基本、最为集中、最为重要的素养。我们更要从这个公式中，读懂另一个要义：除了知识、能力之外，态度将成为素养的一个至关重要的决定因素。而且随着态度的取值变化，素养的阈值发生变化，取值越大，素养越高；反之，取值越小，素养越低。

所以，核心素养背景下，我们的每一个教育现场，我们每一个教育人要"避虚"，求真务实亟需落地。过去那种一味盯着指挥棒考什么就教什么的做法，蒙蔽的是眼前，贻误的是子孙后代，祸害的是国家和民族。葆有教育良心，秉持教育良知，放眼长远，为子孙负责，为民族担当，这就是核心素养背景下国家和人民对所有教育人提出的新要求。各位教学一线的教师朋友，你准备好了吗？

尴尬的好人好事

"老师，我捡了一元钱。"

"老师，我捡了一张卡。"

"老师，我捡了一件校服。"

那天，轮到我们这组教师值周。一天下来，拾金不昧的一个接一个。欣慰之余，我在学校宣传橱窗《班级一日常规评价表》"好人好事"一栏记录着"小A拾币若干""小C拾卡一张""小D拾校服一件"……我觉得好人好事应该大力弘扬。第二天的早锻炼小结时，特地对这几个拾金不昧行为进行了表扬，鼓励大家向身边的活雷锋学习。

不知道是榜样的力量，还是当天的情况特殊，第二天的拾金不昧似乎更多了。晚巡查时发现，好人好事栏被我的同伴已写得满满的，差不多每一个班级都有。再细看内容，发现有上交一元钞票的，有上交一元硬币的，有上交饭卡的，还有上交跳绳、握力器、运动服的……正当我为这么多好人好事感到欣慰之时，却接到几个学生接二连三地向我问询寻物：

"老师，有人上交衣服吗，我刚才跑步时脱下的衣服不见了？"

"老师，有人交乒乓球拍吗，我上体育课时放在乒乓球桌上的乒乓球拍不见了？"

"……"

怎么回事，上着上着课衣物、运动器械怎么会丢失？第三天，正待静观当日情况时，一位刚用过早餐的老师，一脸愁容走过来："张主任，有人上交饭碗没？刚放在洗碗糟旁的不锈钢饭碗，我只去了一趟洗手间，一眨眼就不见了！"啊？怎么会如此滑稽，谁人把好人好事做到这个份上了？孩子们怎么这么喜欢做好人好事？我一边打着电话从其他几个同伴那里帮他打听饭碗的下落，一遍思考着这几天值周发生的怪怪的"好人好事"。

终于，心头的疑团解开。第二天上午，一位班主任找到我质问，听说班上学生上交了衣服怎么没见给他班级加分？为什么自己班上捡到自己班上丢失的东西就不能加分？难道做好人好事还分谁能做谁不能做吗？我这才想起来昨日有几个前脚来交后脚就领走的"拾金不昧"。

尽管我顾及面子含蓄地做了一些解释，但这位班主任还是找到分管领导、校长告了我的"御状"。说什么其他领导值周时，有捡到饭卡、握力器、衣服、钥匙什么的都加分，为什么他张主任值周就别具一格了呢？一时间，一场"好人好事"风波在校园内传的沸沸扬扬。

其实，这已是积累已久的矛盾，一切的罪魁都源于那一面流动红旗。原来，学校每周要对各班级一日常规进行评价，这些评价项目多数是扣分项，唯有好人好事实行加分项。一周里扣分最少的班级为年级流动红旗班，一学期下来获流动红旗班次数最多的班级为学期优秀班，同时该班班主任直接评为优秀班主任。

真是无利不起早？！可我们是学校，教师是学生成长的引路人，怎么能见利忘义忘掉为师者的教书育人之本分？这样的"好人好事"最终把学生引向何方？我感觉这个问题已不是一个小问题，它已经触及到学校的立德树人的职能根本。在行政办公会上，考虑到新任校长不知情，我不得不把这个问题正式提了出来。校长当众肯定了我们值周教师工作认真，观察细致，更褒扬了我作为一名中层干部对学校发展的思考。他鼓励在场的中层干部畅所欲言，给校园内的好人好事评价一个新的说法。

"学校当然应该倡导好人好事。如果没有好人好事，那师生们丢失的东西不是没人捡拾吗？学校不能培养了一群麻木不仁的冷血动物吧？"

"校园内不存在好人好事！一所封闭的校园，丢失的钱币、物品等，依然在校园里存在。即使没人捡来上交，东西还是在那里，早发现、晚发现都能被失主找到。"

"校园内应该弘扬好人好事。但好人好事不能作为班级评比的加分条件，因为真正的好人好事是不图回报的。给好人好事加分带来的是功利思想，违背了教书育人的学校宗旨，不符合当下社会主义核心价值观主流风尚。"

"……"

新任校长很欣慰还是能听到讲真话的声音。他认可了现行评价方案拟定之初激发正能量的出发点。"新时期出现的新矛盾就是推动改革的力量。怎么改革？朝着有利于学生成长的方向改革！"校长的态度很鲜明。经过一番讨论，最终达成一致意见，好人好事不与任何奖惩挂钩，只作口头表扬，而且要大张旗鼓地表场。对于校园里的好人好事，学校将通过广播、校园网、集会、宣传橱窗等阵地广泛宣传和表扬。

我又想起德国著名哲学家雅斯贝尔斯那句话：真正的教育是用一棵树去摇动另一棵树，用一朵云去推动另一朵云，用一个灵魂去唤醒另一个灵魂。校园里的一个好人好事风波虽然平息，但它会留给我们这些教书育人的师者有哪些思考呢？

国培的三重境界

国培，如今已不再是一个新名词。它已经在全国范围内走过了数个春秋。回想走过的旅程，吐槽者有之，点赞者有之。作为一名参加过国培的受益者，我要大声说出来内心的真实声音：国培是提高教师专业成长的极好的途径。为人师者只有不断更新提高，才能与时俱进适应变化的形势。而国培，让让许多普通教师有了学习和提升的机会。

但是，作为这样一项关系教师专业成长的重大项目，我们总希望国家把这份财力物力用到最有收益的地方。我以为，国培在实施之前，主管部门必须首要思考几个问题：什么人需要培训？什么人愿意培训？什么人渴望培训？

只有真正厘清了这几个问题，培训才能做到有的放矢，供需对接，逐步走出"被培训"的泥淖，迈入"自培训"的生态培训轨道。

实际上，细究上述三个问题，深谙三类人士之现状，它无不对应彰显出当前教师队伍中职业态度和专业素养的三重境界：只做教书匠、做好教书匠、不做教书匠。

第一重境界的人，属于被培训之列。这类人士对各种培训有抵触情绪。无论采取何种措施，他们与主管部门玩着躲猫猫游戏——始终视培训为负担和麻烦，想方设法逃避或者敷衍培训，这令组织者恼火或尴尬。比如，学习时查考勤，他会请人代签；布置有配套作业，他可以请同事代做；你组织有考试，他找枪手代考，直到把培训规定的学时混满、学分混到手为止。我认为，为了教育，为了教师本人的成长，对于这类人士不能听由他们任性，需要发挥行政手段和评价机制的双重作用，以提高认识为先，提高水平能力为后的原则"逼"他们先行被培训而提高。也就说，必须"逼机会"或是"压机会"。

第二重境界，居于被培训与自培训之间。这类人士愿意培训。他们是一所学校的骨干力量甚至是中流砥柱。教学中，他们常常自愧于学历不够高，见识不够广，业务不够精。他们的特点是，通情达理，服从安排。只要主管部门有培训安排，他们就乐于接受。他们认为培训是有必要的，也是有收获的，只是缺乏主动争取的意识，一般不给领导添麻烦。因此，只要参加了培训，他们会以一种积极的态度参与到学习的全过程中。对于国培，这一类人士需要给机会。要让他们通过培训发生蝶变，快速成长为名师。

第三重境界，属于自培训之列，这是教师队伍中的最高境界。这类教师爱思考，爱学习。他们有自己的思想和成长规划，总是会以享受的态度对待教育教学工作。业务上总是不知满足，一方面他们自培训，思考、读书、写作是他们每天的必修课，反思提升成为他们的文化自觉；另一方面他们还是自培训，他们渴望着高层次培训的机会，他们的视角已放眼校外，他们的理念已走向前沿。眼前，他们中有的是县市级骨干教师，有的是地市级学科带头人，他们都是学校的领头雁，正是有这一条条鲶鱼，不断激励和引领，才有同伴们拼搏进取，共同进步。对于国培，这一类人士总会自己找机会。

那么，由谁来甄别这三重境界的教师，从而，把国培的福祉惠及到最需要的地方？笔者认为，这个工作当然是地方教育主管部门来做。只有教育主管部门，经过广泛深入的调查研究，全面把握教师队伍现状，然后制定出顶层设计的蓝图，才可能有计划、有步骤、公平公正、科学合理的安排培训科目和学员，才可能真正从整体上促进教师专业素质的持续提升。

　　如果是这样，国培将不再是教师眼中的鸡肋，也不再成为被培训者的负担和麻烦，她将真正成为教师的一项福利。到那时，盼培训、争培训、自培训就变成一种现实，国培也就进入了绿色生态培训轨道。

找祖国

"老师,什么是祖国,祖国在哪里呀?"

那一年,我任教七年级。开学第一课,我想把中学生一日常规的"宪法"教给同学们,让他们早些知道作为一个中学生,什么事该干,什么事不该干。当我对着《中小学生守则》刚读到第一条"爱党爱国爱人民。了解党史国情,珍视国家荣誉,热爱祖国,热爱人民,热爱中国共产党。"时,隐隐约约听到教室的一个角落里发出了这样一个女孩儿的声音,对,就是班长小雯的声音。

"真的,我好像,好像没有找到祖国!"顿时,同学们的目光同时移向她。见我也慢慢从墙壁上移开了教鞭,脸上露出惊异之色,小雯似乎显得有些不好意思,声音变得越来越低。

是啊!什么是祖国,祖国在哪里?我这个班主任一时间好像还难以说清楚哩,何况是一个十一二岁的孩子!孩子们的认知里,怎么知道谁是祖国,在哪里去找祖国呢?如果他们连祖国是谁,祖国在哪儿就不知道,又怎么对他们实施教育、要求他们热爱祖国呢?只顾形式上点到为止，一味地给孩子们讲空洞理论、说大道理，那不又成了典型的"灌输"，有几分能够让他们入脑入心引领一生呢？不能这样，决不能这样！

"同学们，这是《中小学生守则》，一共 9 条。它就是大家以后每天的学习和生活指南。"那一刻，我没有再往下对《守则》逐条展开分析解读，而是急急忙忙应对班长对我突如其来的"将军"："既然有同学想到了这个问题，那我们就先来说一说祖国，找一找祖国吧。"

"老师，我知道祖国在哪里，她就是地图上的那只大公鸡！"嘿嘿，大家都知道他指的是 960 万平方公里中国版图。

"老师，我知道什么是祖国，祖国就是 56 个民族。"

"我知道，祖国就在我们身边。"

"祖国就在我们心里。"

"……"

尽管这些都不一定是我们大人们要的正确答案，但作为一个仅仅十一二岁的孩子，脑子里有了这些"领土"，甚至是"政治"方面朦胧的概念，已经是颇令人欣慰的了。

"还有呢？"

"继续说……"

教室里，"找祖国"的思维火花正被点燃。那时候，我没有否定他们的回答，更没有打断他们，只是一个劲儿地向举手发言者伸出大拇指点赞。终于，孩子们你一言，我一语，把"祖国"拉得离自己越来越近，把热爱祖国说的越靠近身边，有的甚至具体到爸爸妈妈及自己的生活、工作、学习、成长等每一件细微的小理小事上。那一节课的意外中断，至今看来无疑是值得的，或许影响了每一个孩子的人生。

"老师，什么是祖国？祖国在哪里？"现如今，每当谈到爱国主义教育时，当年那个小雯的声音就会在我的耳际回响。那次的"教训"一直助我思考和成长——现如今，开展热爱祖国主题教育之前，我都会进行认真细致的备课，先行引导学生一起"找祖国"。

爱因斯坦说："什么是教育？当你把受过的教育都忘记了，剩下的就是教育。"开学第一课，爱国主义教育怎么开展？如何让我们某一次的爱国主义教育在孩子们的人生路上"剩下"更多？

陶行知指出：生活教育是生活所原有，生活所自营，生活所必需的教育。教育的根本意义是生活之变化。生活无时不变，即生活无时不含有教育意义。所以，我们只有引导学生弄清楚什么是祖国、为什么要热爱祖国、怎么样热爱祖国等几个逻辑关联的具体问题，引领他们走进生活，让他们切身感受到祖国在我心中，祖国在我身边，让他们真正领悟到"我和我的祖国一刻也不能分割……"这句歌词的内涵。

也只有这样入脑、入心，才能真正的让他们入行——自觉地担当起建设祖国、保卫祖国的责任，一点一滴地将热爱祖国践行到自己的思想和行动中，辐射影响更多的人热爱祖国。也只有这样"找祖国"，后续开展的演讲、征文、讲故事、歌咏比赛等等形式的主题教育活动，才可能真正赋予底气，充满豪气，收获满满正气。

家门里的继续教育学院

教育 QQ 群里，一谈到集体备课，多数网友会嗤之以鼻。一致认为集体备课就是学校教科室为应付教研部门检查开展的共抄教案活动，既浪费时间、纸墨又无作用。集体备课真的没有作用吗？为什么要推行集体备课？集体备课能给我们带来什么？新课程背景下如何有效开展集体备课让更多参与者从中受益？

为什么要集体备课

备课，位于备、教、批、辅、考、研等教学环节之首，它是其他所有环节实施的前提和基础。究其过程实质而言，备课就是一个学科教师的先行自我教研的过程。集体备课，则是带着每一个人的自我教研而来，其现实目的和远景意义是广泛而深远的。

集体备课是课程改革的需要。随着课程改革不断改和变，一线教师面对的是不断改和变的教学内容。无论是新教师，还是骨干教师，必需时刻准备重新学习新课程。新教材怎么教，总共没有几行正文，差不多是图片、资料、讨论题？一度时期里，一些刚接触新教材的学科教师感到无从下手，仁者见仁智者见智的集体备课便呼之欲出。

横看成岭侧成峰，远近高低各不同。集体备课，最直接的作用就是促使学科教师尽可能熟悉教材，从不同角度和侧面研究、理解、共享、发掘新课程的丰富内涵。三个臭皮匠，顶个诸葛亮，随着课程方案全面落实，课程实施水平的不断提高，教学理念的转变、教学方式方法的改变、教材内容的解读等，都需要发挥教师的集体智慧。因此集体备课不但要推行，还要有创新的持续深入地推行。

集体备课是学生成长的需要。2016 年 9 月，中国学生发展核心素养总体框架出台。这项历时三年权威出炉的研究成果，对学生发展核心素养的内涵、表现、落实途径等做了详尽阐释。学生发展核心素养，主要指学生应具备的能够适应终身发展和社会发展需要的必备品格和关键能力，综合表现为人文底蕴、科学精神、学会学习、健康生活、责任担当、实践创新 6 大素养，18 个基本要点。核心素养又是新名词，通过集体备课，参与教师把各自的学生"带到"备课的现场里，现身说法地研究学生发展核心素养。集体备课是落实立德树人根本任务的一项重要举措，也是适应世界教育改革发展趋势、培养具有国际竞争力人才的迫切需要。

集体备课是教师发展的需要。2012 年 2 月，教育部印发《幼儿园教师专业标准》《小学教师专业标准》和《中学教师专业标准》。《标准》通过 3 个维度、14 个领域、对中小学教师专业发展提出了 61 项基本要求。为适应当下教育和未来教育的发展形势，中小学教师要积极向着研究型教师发展专业能力。集体备课，从大的方面说，是"家门里的院校"，是唾手可得的教师继续教育，是实现教师专业成长、提升教师专业发展品质的一种重要形式；从小的方面说，集体备课是对自身课堂静悄悄的革命，是实施校本教研的重要途径。可以说，集体备课是构建高效课堂前提和基础。

集体备课过程有研究课标、理解教材、尝试教法的过程，有教师交流收集材料、钻研教材、提高备课能力的工程，更重要的是，有教师教学理念和教学思想的交锋过程。集体备课使教师在争论、交流中不断明确认识，使自身专业素质不断成长。事实证明，货真价实的集体备课，能够起到以老促新、以老带新，新老互助的作用。通过备课组成员之间的思维碰撞，实现资源共享，凝集更多高效课堂精品。同时，也发展了教师专业水平能力。

集体备课运行情况如何

任何一件新生事物的落地都必须经过一个认识－实践－再认识－再实践的过程。受多重因素制约，集体备课在推行过程中出现过不同的情况，有思想开明学校的欣然推行后，柳暗花明又一村，也有传统守旧的学校按兵不动，山重水复疑无路。

教师个人，目的不够明确。集体备课，究竟为谁？怎么做？有多大作用？在不少一线教师心里存有质疑，推行起来总是抱以一种敷衍应付态度。尤其是在当下这个人人皆忙的快节奏生活中，一些教师奉行的是多一事不如少一事原则。有人认为集体备课就是一种折腾，依然各自为政，自编、自导、自演，唱独角戏。由于思想不够开明，放不下考试和分数这个小九九，有不少教师，就如何更好地收集资源、安排课堂结构、优化课堂模式，自己心中有数但却不愿意交流分享给同伴。由于缺乏明确的研学目的，有不少教师，事前不认真准备，坐在一起时临时抱佛脚，胡乱地瞎凑一通，致使集体备课毫无研学价值可言。集体备课活动一结束，各自完事儿。回到自己的课堂里，依然是备课与教课两张皮。

学校方面，责任不够清晰。振兴教育的希望在教师。理论上讲，创人民满意的学校需要更多人民满意的教师，做人民满意的教师需要学校搭建更多教师专业研修平台。然而，学校应该为教师做什么，做了什么，或许很少有学校负责人深入思考这些问题。当下依然有不少中小学校仍然没能真正摆脱应试教育的束缚，成天围着那根考试指挥棒打转。至于集体备课怎么弄，校长看的是评价杠杆上的含金量，教科室主任听的是校长的口气，备课组长则是跟着感觉走。

由于责任不够明晰，不少学校的集体备课成为校本教研的花瓶，依然停留在华而不实的档案建设上。一般的做法是，开学后，由教科室下发集体备课研修记载表，备课组实行"转包"，分月承包到组内教师个人。被承包者或从网上下载教案，或从教师用书中随意摘抄几句不痛不痒的语句作为"建议"，填满集体备课研修表格交差了事。学期结束，沉甸甸的集体备课"成果"，充斥着教科室满满的档案柜，妥妥地"静待花开"。遗憾的是，都知道集体备课是"皇帝的新装"，就是没有一个人出来道破天机。

教研部门，引导不够给力。教研部门，在一线教师眼里，应该是一个地方教育主管部门中主抓教育教学技术和艺术的业务指导部门。也就是说，在教学的六大环节中，备、教、研应该是地方教研部门主唱的重头戏，对集体备课的指导就应该是这些重头戏之一。然而，由于受学校多、人手少、教育理念没能统一等多重因素制约，教学业务指导部门显得心有余力不足，难以真正到位下到每一个学校去引导开展集体备课。即使在下校教学视导过程中发现了备与教两张皮问题，最多情况也只能是点到为止，考虑到部门与学校之间的关系问题也不可能在检查评分上过度较真。

如何有效开展集体备课

毋庸置疑，集体备课是新课程改革的产物，是一线教师方便易求、务实高效的重要的研学成长途径。制定和运行一套行之有效的研修策略，最大化发挥集体备课的效用，让每一个教育主体成为受益主体，理应从期待变成现实。

培训到位，提高认识。集体备课，对于学校，对于教师，对于学生，乃至对于国家大教育，究竟有多么重要，大多数一线教师观点陈旧，认识肤浅模糊，最终导致行动消极怠惰。这就需要地方师训部门或者教研部门系统地组织相关的主题培训，走出误区，提高认识。要通过培训，让更多一线教师认识到集体备课是自己走进教材，再走出教材的现实需要，也是真办教育、办真教育的远景发展需要；要让更多一线教师增强以集体备课为主要途径的研学责任感和紧迫性，切实解放思想，放下架子，由一个观望者、徘徊者转变为一个实践者、推动者，进而成就更多的收益者。

准备到位，丰富资源。集体备课要打有准备之战。在"会晤"之前，每一位参与备课的教师，要做好充分的备课前备课，带给研修团队的应是一个个独一无二的教学思想，而不是一篇篇由百度"拿来"的大而化之的陈词滥调，更不是大家谁也不开口坐等观望混时间。每一个教学思想里应包含有因校制宜的教学技术使用建议，应该有因材施教突破重难点的创新设计，应该有因势利导提升课堂效率的好办法等等。总之，每一个人的到来，要使原方案更加有血肉，内涵更丰富。

身心到位，碰出火花。集体备课前的教学思考是可贵的，必须的，而集体备课过程中的思想碰撞更是难得的。只要每一位同伴都带着一颗不怕好事人的公利心，就必定能把最好的点子分享给团队；只要每一个人保持一颗积极求知的空杯心，就必定能听得进组内同伴的意见和建议。久而久之，一个无所顾忌、畅所欲言、各抒己见的教研生态氛围就会形成，每一次的身心汇聚必然碰撞出美妙的思想火花。这种静悄悄的革命，就是集体备课的价值和意义回归。

落实到位，生成精品。集体备课成果的接纳和实践是众望所归的价值认同。每一位集体备课参与者，一方面要珍视集体成果，勇做第一个实践者、观察者；另一方面，也不必拘泥于集体决定，要敢于善于乘势而变，进一步完善集体设计，在巩固集体成果的基础上生成高效课堂优课精品。每一位参与者要树立教研成果意识，不能仅仅止于备课和上课，更重要的是，要善于捕捉集体研讨环节中的思想火花，探寻教育学思想价值撰以成文，通过网络、报刊等交流平台分享传播。

观念一变天地宽。对于集体备课，我们不能停留在传统教育的固有观念里。集体备课，能以人为本，博采众长，集思广益，是家门里的"继续教育学院"。无论是教研人员，学校管理者，还是学科教师，都要勇当集体备课的参与者和推动者，积极为集体备课保驾护航，大开方便之门，让办公室里发出更多教研之声，让校园里绽放出更多美丽的教研之花，让更多教师在这所"学院"收获教研之果。

教室中间的空座位

当教师的，经常会去别的班级或学校听课学习。或许是习惯成自然，每到一个班级听课时，我都会有意无意地关注教室里的一草一木，包括座位的编排样式。

那天，按照教科室安排又去一个班级听评课。坐在教室后面等待上课那会儿，无意间，我第一眼发现教室中间有一个空座位。我猜想一定是这会儿有学生上厕所还没回来。上课铃响了，课已经开始。好几分钟后，可再也没有学生进来。空座位依然空着，很显眼的一个空白地带。难道今天有人请假？等会儿问问旁边的同学定会知晓。

课进入到小组讨论环节，其他组 6 人一打围，整齐地围成一个长方形团队，可中间有空座位的这个组，因为出现空挡又位于教室正中，总显得不那么协调。咋回事儿呢？

我趁着学生的讨论声，悄悄地问同桌："今天我们班上有人请假吗？"

"没人请假呀！"同桌很肯定地回答我。

"那——这里怎么空着的？"我指着他身旁的空座位追问道。

"哦，这个啊，这是我们班主任郑老师这样安排的。"他笑着对我说，"因为我们班上人数 49 人，是单数，所以就把空座位留在这里了。"

为什么要把空座位留在教室中间呢？这么好的位子空在中间多可惜啊！我依然没有明白。由于是在上课中，我没有继续问下去。

下课了，听课老师各自离开了教室。跟着走出教室的我，总觉得有个"疙瘩"梗在心口上。于是我去教师办公室找到班主任郑老师："我很好奇，您怎么要把空座位安排在教室的中央，那么好的座位空着，不觉得浪费了吗？""浪费？哈哈！"郑老师被我这么一问，顿时乐呵起来。

从与她的谈话中了解到，因为班上学生是单数，放在前排，放在后排，都觉得不够整齐，而且坐这个单座位的同学，时间长了，就渐渐的被孤立了，尤其是有些本身性格就内向孤僻的孩子。放在中间，尽管是单座，但前后左右都能逢源，怎么也不会有孤独感。而且，全班座位总是形成一个方块型，整整齐齐的，看起来也顺眼多了。好你个郑老师，多么有心的班主任啊，总是从学生角度想的，想到的总是每一个孩子！可惜在我们身边，像这样时时处处眼中有孩子的班主任太少了。

今年秋季开学后，学校开展了一次全校性学生家庭走访。从走访回馈的信息看，单亲、留守孩子在各班的比例越来越大。很显然，对于这类学生而言，单纯的学习文化知识已经不是他们心之向往的事。作为一个寄宿制学校，学校是他们的第二个家。老师们能做的，唯有让他们先找到"家"的存在感。所以，班主任要当好"替身父母"——接纳，关注，填补，多方面营造家的温暖。

班主任工作会上，作为学校中层干部，我把这些情况通报给了与会人员，并对几个单亲贫困住宿生所在班的班主任提出了我的想法。令我感到欣慰的是，会后，大多数班主任都按照我的意思把以前的几个坐在后面的单座孩子调整到前几排座位里，据说还安排有同桌帮扶他们。可是好景不长，近日我去班上上课时意外发现，那些孩子又回到了教室后面的那个"孤岛"上。问及原因，一个班干部小声告诉我：班主任说他不识好歹，坐在中间那么好的座位成天不干正事儿，喜欢玩就让他一个人坐，玩个够，省得把别人带坏了。

不识好歹？喜欢玩就玩个够？远远地，我望见那个孩子，那个正在东张西望，甚至连课本都没打开的孩子，班主任的那些话似乎再我耳边回荡。看着他这个"不识好歹"的样子，我似乎理解了班主任的某些无奈。

在期中考试质量分析会上，听科任教师说，像语文、数学、英语这些满满"千足金"120分的学科，年级里那几个毛小子几乎每一科都是"个位数"。是啊，那些班主任说的没错——轮到班上计算教师绩效，无论是计算及格率，还是计算平均分，他们这个可怜的分数，加起来敌不过别人一科的成绩，又怎能对班上综合成绩产生多大的浪花儿呢？再说了，这个自打小学以来就一直处于"三不管"的孩子，我一个班主任这会儿再来管他，不是瞎子点灯——白费蜡吗？又能起到多大作用呢？唉，不可能人人都上清华考北大啊，眼不见心不烦，让他去玩吧。

表面上看，这些班主任说的道理好像确实是这么一回事，但是，仔细一想又似乎觉得不是这么一回事。学校，究竟是收好学生还是差学生？教师，究竟是教好学生还是差学生？如果学校只收好学生，如果教师只教好学生，我们学校的职能何在？我们教师的教育价值又体现在哪里？

从教二十多年，曾经也有过绩效、奖金、荣誉等等功利思想和行为的随波逐流。但越往近来，越感觉这样的思想和行为失去了教师的本义。作为一名教师，一名传道授业解惑的师者，我怎么也理解不了这位班主任的简单粗暴的做法，这简单的懒政思维背后似乎丢掉了什么，我觉得就是职业良心，甚至还有良知。

我常与同事们说，假如我们的学生人人都得100分，还需要教师干什么？我们当老师的，不正是因为有学生的不完美才有教师的职业存在吗？学生的成长是多元的，我们教育的价值怎么仅仅把眼光盯在这个"人工制造"的分数上？教育要培养全面发展的人，"全面"究竟包括哪些"面"，老师你做过多少思考和实践呢？怎么能因为眼下这个"不完美"的分数而放弃他们——放弃对他们的引领，放弃给他们同样的爱？

"老师，这个题是什么意思？"孩子们正做着当堂练习，我突然被学生的提问打断了沉思。抬起头来，我又看到教室后面，坐在那个"孤岛"上的孩子，在我提醒的目光中，他笑着，翻开了面前的那个课本。

启而不发的尴尬

　　参加工作的前些年，每次谈到学生启而不发问题，办公室里前辈们就会津津乐道地讲起一个经典的笑话。

　　一日，某校长早早来到某班教室想听听某一地理老师上课。恰逢地理老师正要讲"地球"一课。课开始了，他把手中的地球仪放在讲台上，然后开始导入新课："大家看，今天我们教室里多了一个什么东西？""校—长"同学们都发现校长坐在后面于是齐声回答。

　　这时候，出乎意料的地理老师露出一脸尴尬。方才想起今天校长坐在教室的后面。眼看学生启而不发，于是有些着急的地理老师硬着头皮继续朝着"地球仪"上引导："校长是东西吗？""校长不是东西！"话一说出口，人人都觉得似乎不对，顿时课堂上一阵哄堂大笑。坐在后边的校长如坐针毡，走也不好，不走也不好，脸上青一阵，白一阵。

　　这个故事的后续故事已经不再重要，这是不是真实发生的故事也似乎不甚重要，重要的是，为什么在我们今天的教学中类似的启而不发的尴尬事儿，的的确确还在我们一些教师身上发生？

还记得当年我在八（5）班上生物课。八（5）班是大多数科任教师心目中的"活跃"班级。这节课我讲授的内容是八年级下册《鸟的生殖和发育》。因为考虑到本节课知识难度较小，加之涉及内容都是孩子们生活中的事儿，我决定把课堂交给学生。

在讲完鸡蛋的结构和作用后，我打开多媒体课件让大家观察生殖和发育图片，准备让学生逐一了解鸟的生殖和发育过程的求偶、筑巢、交配、产卵、孵卵、育雏等行为。

当我打开第一幅图"孔雀开屏"时，我本想让大家看图说话，就顺便发问道："这是什么啊？""孔雀开屏。"一开始同学们回答很整齐，我便点击了一下鼠标，电子白板上出现配图字幕：孔雀开屏。

学习贵在思考。为启发大家思考孔雀为什么开屏，孔雀在什么样的情况下开屏等问题，我进一步引导发问道："孔雀开屏好看吗？""不——好——看。"没想到，这时候有几个活跃分子在下面信口开河。很显然，几个"毛孩子"故意启而不发，与我这个科任老师叫着干。

怎么办？停下来批评他们一顿？这不打乱了课堂计划吗？顺着说"不好看"，那不偏离了主题吗？稍稍冷静几秒后，我一改以往的做法。——我没有斥责他们在下面瞎喊嚷嚷，而是灵机一动假装嗔怪道："你们几个当然觉得不好看喽，因为——孔雀开屏不是开给你们看的啊！"一句话引起了全班同学哈哈大笑。那几个调皮鬼似乎被我抓住了辫子，也云里雾里地，这时候居然安静下来听我的说法了。

咿，被我套上了吧？我在心里暗暗发笑，趁着大家静静期待答案的势头接着问："那么，大家知道雌雄孔雀中，什么孔雀才会开屏啊？""雄孔雀。"大多数孩子们从生活中已有这方面的知识，齐声给出了答案。

我进一步启发追问："雄孔雀开屏给谁看的呢？""雌孔雀啊！"回答声越来越整齐越有底气了。

"雄孔雀开屏吸引雌孔雀，这是鸟类动物的一种什么行为呢？"我仍旧抓住不放。

"它正在求偶。"凭借生活中的有关性别常识，大家异口同声。我随即点击鼠标，屏幕上显示"求偶"二字，从而肯定了他们的答案。

终于，我扭转了先前差点陷入被动的教学局面，完成了我的启发式导学目标，也总算站稳了我的课堂主导者的教师位置。真庆幸，那一刻，没有被那几个"捣蛋鬼"拉到"阴沟"里。

课堂教学的精彩并不在于预设有多周密，结果有多完美，而在于课堂的生成。现如今，以学生为主体的课堂教学必然充满变数，即使事先再周密的设计，也免不了碰到许多新的"非预期性"的教学问题，教师若是对这些问题束手无策或处理不当，课堂教学就会陷入困境或僵局，甚至还会产生"不和谐"的音符。那么，教学中我们如何避免启而不发的尴尬问题让课堂顺理成章甚至产生意想不到的精彩呢？

首先，问题本身要聚人气。教师在课堂上的集体发问要面向全体，全面提高的原则，准确把握好问题的难度、深度和广度，引起更多人的关注。过于肤浅的问题，对于尖子生来说，不值得一答，他们也会不予理会；过于深难，对于低差生来说不知所云，他们会认为与自己无关。只有让问题触及到每一个学生的思维点，才会产生群体效应。这就给科任教师，特别是年轻教师的备课提出了较高要求。备课标时，要把握课程要求，明确教学方向；备教材时，要精通教材内容，把握教材知识间的联系、前后的逻辑关系，充分预见教学中可能出现的各种问题以及应对方案；备学生时，要了解学生的知识背景，考虑到学生的接受能力，了解学生的认知规律和思维习惯以及学习心态。

其次，抛问时机要恰到好处。孔子曰：不愤不启，不悱不发，举一隅，不以三隅反，则不复也。教师始终要记住：你的课堂提问目的是启发学生思考，思考！而不是为了灌输知识给学生。所以课堂提问要巧妙把握时机，该发问时就发问，不该发问时就不要节外生枝、牵强附会、画蛇添足。回到地理老师的课堂，像"教室里多了一个什么东西"之类的问题就没有发问的必要。试想，这一问题有思维量吗？有思考价值吗？难道学生不认识地球仪？从另一个角度讲，这一问题提出的时机太过随意，确实不具有启发性。满堂问的课堂，不是好课堂，只会耽误有限的教学时间。因此，只有在教学内容的关键处、联结点、兴趣点、疑难点、模糊点适时地提问、点拨、引导、启发，才能收到事半功倍的课堂教学效果。

第三，问题指向要有的放矢。科任教师设置课堂提问一定要有针对性，要与课堂内容主题相贴近，切不可游离于主题之外。指向不明的问题，学生要么望而生畏，问而不答，致使课堂冷场，要么信口开河，乱说一通，闹出笑话。再回望地理老师的课堂，像"教室里多了一个什么东西"这个问题就显得过于宽泛，学生一方面不知该怎么回答，一方面又觉得怎么回答都可以。所以他们就会拣与平时"多了"的新发现作为教师提问的答案。回想起来，其实，这位地理老师就是犯的指向不明的错误，他完全没有必要转那么大的一个弯来让学生仅仅说出"地球仪"三个字。遇到类似启而不发情况，迅速刹车，直奔主题，避免越引越远。

总体说来，课堂提问是讲究艺术的。它离不开教育机智、离不开课堂驾驭能力，它似乎门槛很高，让人望而生畏。实际上，提高课堂提问艺术并不难，因为课堂提问都是针对"人"的，只要我们做到一点就够了——那就是课堂上，始终眼里有学生。眼里有学生，课堂就会绽放别样的精彩。

课堂的样子

2017 年 9 月，教育部长陈宝生在人民日报撰文，提出了"课堂革命"一词。一时间，引发教育人对课堂的关注。什么是课堂？现行课堂中存在哪些问题？如何对自己课堂进行静悄悄的革命？要弄明白这些问题，必须厘清课堂革命中的问题逻辑。

第一个问题：我的课堂的样子是什么

知道什么是课堂之前，必须弄清楚什么是课程。在学校课堂革命专题动员会上，校长抱着试一试的态度随即提到什么是课程问题，没想到与会同伴们真的被问倒，给出了不可思议又在意料之中的一些答案：

"课程，不就是教材吗？"

"课程，就是教科书啊！？"

"课程，就是教学计划吧？"

……

还有一些内心坦然的同事则直接回答说："感觉知道似的，但又有点说不上来。"

这种认识现状无疑表明一个现实问题：关于课程，作为从事教育的专业技术人员的教师，有不少同人的认识依然是模糊的，肤浅的，甚至还有一些是错误的。如果教师自身就存在认识不清的问题，又何以谈得上真正去落实好课程呢？所以，当下的教研，包含区域教研、校本教研，都应该先期给予学科教师这方面的知识培训。

那么，什么是课程？从字面上理解，课程就是"功课及其进程"。它源自于我国宋代朱熹的《朱子全书·论学》。在"宽着期限，紧着课程"，"小立课程，大作工夫"等表述中可解读出这个意思。到了近代，由于班级授课制的施行，赫尔巴特学派"五段教学法"的引入，人们开始关注教学的程序及设计，于是，"课程"的含义从朱熹的"学程"又变成了"教程"。

课程（Curriculum）一词，在西方英语世界里最早见于英国教育家斯宾塞《什么知识最有价值》一文。它是从拉丁语 Currere 一词派生出来的 Race-course，意为跑道。根据这个词源，最常见的课程定义是学习的进程（Course of study），简称学程。近代中外教育学研究中，人们最终把学生的学程和教师的教程统一起来，就有了今天的课程。

现代教育学普遍认为，课程是指学校学生所应学习的学科总和及其进程与安排。课程是对教育的目标、教学内容、教学活动方式的规划和设计，是教学计划、教学大纲等诸多方面实施过程的总和。广义的课程是指学校为实现培养目标而选择的教育内容及其进程的总和，它包括学校老师所教授的各门学科和有目的、有计划的教育活动。狭义的课程是指某一门学科。

弄清楚了什么是课程的问题，关于什么是课堂就顺理成章了——课堂是学生学习的场所，课堂是教师教书育人的主渠道。学生在课堂上学习什么，怎么学，教师在课堂上教授什么，怎么教，这就自然落到课程上来。课堂是课程的一个环节，是课程"跑道"中的一个"点"。

课堂是教育的主战场，课堂一端连接学生，一端连接着民族的未来，教育改革只有进入到课堂的层面，才真正进入了深水区，课堂不变，教育就不变，教育不变，学生就不变，课堂是教育发展的核心地带。一个国家，按照培养什么样的人、如何培养人、为谁培养人等目标取向顶层设计出课程标准和学生发展核心素养框架，按照标准和框架编制国家课程、地方课程、校本课程等完整互补的课程体系，这就为全民教育，包括学校教育、家庭教育、社会教育划出一个可供遵循的教育"跑道"。

第二个问题：我的课堂的问题在哪里

观念问题，坚如磐石。有些教师，几十年下来，就一直执教在自己的"教师就是教知识"的教育观念里。要让这部分教师认识到并且承认自己的课堂"有问题"，可不是一件容易的事。但事实上，随着信息技术的日新月异，他们的课堂教学之问题是明显不可回避的。

学习与考试划上了等号。前些年，据报道，在高考来临之前，全国各地中学出现的一条条励志标语，诸如"多考一分，干掉千人""只要学不死，就往死里学""扛得住给我扛；扛不住，给我死扛"等等。不禁要问：这些霸气标语折射出教师、家长和考生们对学习存在怎样的认知？

新时期我们应该用怎样的心态面对学习和考试？原国家督学、云南省人民政府参事罗崇敏提醒我们：考试是手段，不是目的。霸气标语背后折射出的是，一部分学校教师已将考试这一本属于评价手段的东西异化成了培养目标。事实就是这样，当下不少中小学学校，已经把考试变成学生全部学习的目的，好像学习一门学科就是为了考试获得一个高高的分数。

这样的教育观和学习观带来的严重后果是，更多的教师和学生为了一些海量的、过时的知识反反复复做着无用功。而人生真正需要的思维、技能、体验和经历的机会却被无形地剥夺，这不是赤裸裸的生命的浪费吗？遗憾的是，有不少教师同人丢失了自身的教育良知，总是一味地把责任推向主管部门，围着指挥棒打转甚至不择手段。几十年如一日，上演着刻舟求剑、缘木求鱼故事，教师专业发展在原地踏步。

课程与课堂呈现两张皮。尽管喊了这么多年的课改，可改课的步子依然迈的不够大。课改是怎么改过来的？在很大一部分教师头脑里依然不知道这个指南针是课程标准。观察发现，在不少教师的案头上找不到所任教学科的课程标准，他们的课堂上自然也就不可能有更多的对于课程标准的遵循，多数教师还是盲人摸象，跟着感觉走。

就生物学科来说，《课程标准》提出了面向全体学生、提高生物学素养、倡导探究性学习等三大理念，可是实际教学中，不少教师受教学评价指挥棒影响过分地看重了考试，事实上因涉及及格率、高分率、均分等含金量面向全体学生理念还有所体现之外，其他两个理念几乎被沦为花瓶。同样的原因，课程总目标、课程具体目标中，也仅仅有知识目标能引起"高度重视，能力目标和情感态度与价值观目标两项也被束之高阁。最多在讲公开课上作为评委们的"看点"使用。

实验打折扣，知识勾重点，时间赶进度，"偷跑""抢跑"现象司空见惯。课程是一套，课堂又是一套。课程与课堂两张皮的现象，实际上已经让课堂失去了课堂的样子，使课程已经缩了水。时代在变，时代在巨变，那些陈旧的教育思想又怎么能跟得上时代的滚滚潮流？那些被灌输的昨天的知识怎么又能让学生去适应一个尚未定数的未来社会？

类似的课堂问题，这里不胜列举。习近平总书记在党的群众路线教育实践活动工作会议上对党员干部提出了"照镜子、正衣冠、洗洗澡、治治病"的总要求。我这里，也只希望教师同人们能对自己的课堂照镜子，正衣冠，然后能给自己洗洗澡，治治病。

第三个问题：如何回归我的课堂的样子

比起"课程改革"，我更愿意接受"课堂革命"说法。因为它不仅包含了"课改"，更昭示出"革命"的必要性和紧迫感。课堂革命要从我做起，从现在做起，从一个一个细小环节做起。

优在引领，从成长目标上革命。目标就是动力，目标就是方向。多年来，由于客观上受交通，信息，技术等条件的制约，加之主观方面思想误区，大多数教师缺乏专业成长方面的引领，"低配"的职业取向标准让他们在原地踏步，教师专业水平能力停留在多年前的层次，与日新月异的时代变奏严重脱轨。

教师的眼界、水平、能力，自然影响着学生的成长。一部分教师当年那桶水早已变馊，虽有"埋头拉车"的敬业态度，但没有"抬头看路"的批判选择，面对新生代的教育对象，固守着"我一直这样教的"问题思维，必然禁锢着学生个性发展。

鉴于这一队伍现状，学校主管领导要高瞻远瞩，放眼未来。既要为教师个人成长负责，更要为一方教育的未来发展需要负责。着眼学校短期目标达成的同时，还要顺应来发展的长远目标。基于这样的思考，为满足教师专业成长和学校未来生长需要，学校旗帜鲜明提出个人得有成长愿景，毫不含糊地引导每一位教师，制定个人专业成长规划，时间周期包括一年规划，三年规划，五年规划，项目愿景包括上一堂好课，撰一篇好文章，做一名优秀班主任，读一本好书，写一手漂亮字，讲一口流利普通话，练一套现代信息技术等。规划一旦制定，学校与个人随即达成契约。一方面约束学校要给予学习成长平台，走出去，请进来，强化培训，一方面约束教师个人要信守规划，积极主动创造历练机会，双管齐下促进成长规划的落实。与此同时，学校还专门为青年教师制定了青年教师培养规划、中层干部培养规划、校级干部培养规划。

重在过程，从研究内容上革命。规划仅为方向，达成尚须行动。那一年春季学期一开学，一所学校教务处按照年前拟定的调课集中方案，将各教研组任课教师的任课进行了相对集中编排，以确保每一个教研组教师一周里至少有一个半天无课。"半天无课日"校本教研活动正式在全校铺开。

这半天半天的教研，研究些什么名堂出来？刚开始几次活动，一部分教师思想上存在顾虑，对校本教研认识不深，以至于对学校搭建的促进专业成长的"家门口的院校"不领情。发现这一问题后，主管领导挤出时间亲自下到每一个组做思想动员。一方面，帮助中青年教师分析教育发展形势，从成长价值上给予鼓劲加油；一方面拜托老教师"不忘初心"坚守最后一班岗，为中青年教师树立正面榜样，言语行动上"不拧反螺丝"。

就这样，各教研组长正式宣读研修计划，并从活动主持人、记录员、观课维度、研修作业、研修成果展示等方面一一明确了组员的职责分工。从研学课程标准入手，二度重温课程理念、课程总目标、课程具体目标、学习目标行为动词等；从观摩一堂优课视频入手，人人有观察维度，个个强化评课议课的责任，督促每一个人去思考，去组材，去表达。

通过一系列的前期培训，现在的听评课活动有了明晰的方向：每一个组员事先都知道，今日观课、议课谁负责"学生学习"，谁负责"教师教学"，谁主谈"课堂文化"，谁主谈"教学设计与实施"等等，初步掌握一套集研究思维、研究语言、研究方法在内的校本研究基本功。

力在课堂，从教学评价上革命。为了学生，为了教师，学校为静悄悄的课堂革命大开绿灯，首次明确提出上一堂让学生开心的课为课堂评价原则。多方面鼓励教师围着学生转，想为学生所想，忧为学生所忧，倾力打造一间润泽的教室。课堂上，尊重学生从倾听开始，倾听他们的表述、思维、心跳、情绪、胆怯、畏惧，给他们创造真实学习的时空，让学习在每一个学科课堂真实地发生。

课堂的样子是什么？一致要求学科教师首先要知道，然后才能够让课堂回到课堂的样子。比如，语文、英语、历史、德治等学科要回归到人文性、工具性、思想性本原上来，让学生在现实生活中去"游泳"，从生活中学习；数学、物理、化学、生物等学科要回到实验性、探究性、科学性本原上来，让学生在好玩中好学，在探究中学习。

切实实施减负行动，减负从减少考试开始。原则上先减少期末、期中以外的一切统一性考试，淡化考试成绩相关的教学绩效评价。比如，探索不再设实绩奖，或降低实绩奖的比重；强化与课堂教学过程、水平与能力相关的教学研究评价，比如鼓励教师主讲优质课、精品课、一师一优课。调整教科研评价方案，从物质和精神两方面加大校本教研过程的权重，加大校本教研成果的奖励比重，激励更多教师与时俱进读书、研究和写作。发展教师专业发展的同时，多措并举为教师营建精神成长的后花园，让课堂革命的号角吹得更响亮，力保课堂革命的进程更加壮丽，前方再多一线光亮。

遇冷的校本教研

前些年，在教研部门组织的教学视导活动中，一些教研员说他们通过看学校的课表就能分辨出校本教研是真教研还是假教研。新学期，学校教务处为给每一名任课教师腾出半天时间安心参加集体教研活动，在任课安排很是花了一番心思。

然而，是不是有了时间保障的校本教研就可以保质保量？现实不容乐观。仅仅一轮下来，部分老师就开始打退堂鼓，说自己还有很多作业本没改。几番交锋下来，"半天无可日"校本教研不得不又回到集中听课，分散评课，上交评价表的老路上去。校本教研效率低下的原因究竟在哪里？在我看来，无论是管理者、组织者，还是参与者有必要厘清以下几个问题。

学校层面要明确开展校本教研的目的意义。所谓校本，就是"基于学校、为了学校、在学校中"。所以，校本教研，就是基于本校师生情况而开展的教学研究研讨活动。一名校长，或者分管教学的部门领导，首先应该认识到学校教育教学现实场域中存在哪些值得解决的问题，通过观察发现一些明显制约学校发展的问题并加以分析：这些问题是学科教学的共性问题，还是某个学科的个性问题；是教师专业发展问题，还是学生成长问题。只有弄清楚了问题所在，才能形成可供研究的课题，校本教研也才有明确的目标和方向。

教研组长要明确自身在校本教研活动中的职责任务。一名教研组长，无论是教学理论知识水平，还是教学实践能力，都应该是学校内本学科领域的佼佼者，在校本教研中应是一本学科的权威者、领头人。因此，校本教研，研什么，究什么，在教研活动之前，教研组长应该进行认真的思考和备课。要分析当下身边教师关心的问题，要知晓新时期教育领域讨论关注的新课题。在此基础上，结合校情，以校为本，以人为本，制定出人人有责任、人人有事做、人人有收获的科学合理的集体研学规划，让每一名教师置身其中。如此，校本教研活动才不至于出现"冷场""放羊""炒现饭"的局面。

教师个人要明确校本教研中专业发展的具化目标。教师专业发展，一个挂在口边上的培训术语，对于个人该怎么发展，从哪些方面入手，朝向什么目标？不可否认，当下一部分教师对这些问题的思考和认识依然不是很清晰。正是这种模糊认识，让部分教师找不准发展进步的方向，失去了奋斗的内生动力，以致产生了教研的倦怠情绪。几年如一日，甚至几十年如一日，专业发展在原地踏步，无论是教育理念，还是教学方法手段"不知有汉，无论魏晋"之人不在少数。一所中小学校如何改变这种耗时低效的校本教研现状，真正办好这所"家门里的继续教育学院"呢？

要在校本教研的目的意义上达成统一。校本教研不是为了弄一柜子档案应付业务部门检查，而是为了解决学校发展中的现实问题。它既是课程改革的需要，是学生成长的需要，也是教师专业发展的需要。一所学校的长效发展，离不开金点子，这些金点子或许就源自于一个"我思故我在"的"智囊团"。学校领导要激发研究动力,利用好教研组、备课组这个智囊团,碰撞思想,集思广益,全力全方位解决学校发展中的问题。

要在校本教研的潜能作用上达成共识。三个臭皮匠,顶个诸葛亮。横看成岭侧成峰,远近高低各不同。校本教研,从理论上讲,应是一种低成本、高效率的研学自培模式,比起任何外在的培训来说,都有其优越性和实用性。无论是学校领导、教研组长,抑或是教师个人都应该充满自信,积极自省,主动自力,心往一处想,劲往一处使,形成一个强有力的专业发展目标研学共同体。

要在校本教研参与态度上形成合力。一个苹果交换一个苹果还是一个苹果,一个思想交换一个思想就是两个思想。校本教研目的在于避自己之短,博众家之长。每一位学科教师要摒弃怕好事人的保守思想,做一名成人达己的智慧教师,在教研活动之前要有充分准备,带来自己独一无二的教育教学思想。每一位教师都要有一个积极求知的空杯心态,要抱着三人行,必有我师的学习态度,积极踊跃地到达研学会场,耐心倾听同伴的教学主张和教育设想,就问题说问题,不含糊,不保留,不送恭贺,不恶语中伤。只有这样教研投入,才可能有一个良好的校本教研生态的形成。

校园里的感恩秀

身处任何一个时代，人们都要常怀一颗感恩之心。随着人类文明的发展进步，感恩不仅是每一位社会公民的必备美德，更是共享时代的一种核心素养。无论是学校教育，还是家庭教育，抑或是社会教育，感恩教育是德育工作必不可少缺少的一环。没有感恩，人与人之间，就没了温馨与亲情，整个社会就变成了一座冰窖。

近日，黑龙江密山市第一中学在军训闭营式上举行的一场集体洗脚感恩会就值得我们点赞。实事求是地说，为长辈打水洗脚一事，从电视里的广告宣传到现实生活，这类活动在学校开展或许不再具有新意，已经是不值得一说的小事儿。

也正因为"旧"而"小"，部分中小学校不愿意去做这类"过时"的事情，纷纷开始跟着其他行业追新。作为一个"办人民满意的学校"实体，总一味地去追求人无我有、人有我精的"创新""特色"噱头，却不愿意去做学校应有的德育、教研等传统的最为平常的工作。

然而，黑龙江密山市一中，他们却坚持做了——1080名高一新生，端着脚盆现场为自己的父母、爷爷奶奶等长辈们洗脚。虽然做得简简单单，但做得体体面面。有一句话说的好：把简单的事儿做好就是不简单。这所学校的师生们就是一个不简单的团体。

人们总是向往美好的。但不是每一个人都有一双发现美好的眼睛，更不用说享受美好、传递美好、创造美好了。不知道什么时候、何许人士提出了"正能量"一词。我觉得这个词提的很好，它代表着全社会大多数人们的共同心声，它彰显了普天下人们追求社会进步的共同向往。尽管有网友质疑集体洗脚是"作秀"，但笔者却更多看到的是这次"作秀"背后的东西 ——感恩，人类最基本的情怀。或许这次洗脚给家长和孩子们留下一个美好的回忆与心灵定格。

遗憾的是，在我们当下这个社会，正能量依然是一门"紧缺货"。君不见，旅游景区里，宰客、欺客事件屡屡发生，一度成为旅游经济的一大毒瘤；共享车辆中，不爱惜车辆、乱停乱放，甚至拆卸零部件、扔进河流现象时有发生；教育领域内，有偿家教、有偿补课的顽疾染身几十年，颁布下发大大小小的治理文件和规章不计其数，其结果依然收效甚微，部分地区还有愈演愈烈之势；全社会领域里，拜金主义、功利主义、享乐主义一度成为社会主流，读书、研究、写作，却成为各行各业的另类或奢侈品。

所以，从中央八项规定到反"四风"教育、"三严三实"教育、社会主义核心价值观教育等等，习总书记审时度势，为当下反腐教育、思想教育、道德教育开了一剂"汤药"。

良药苦口利于病，这些良药正在发生着传递着巨大正能量。通过一段时间照镜子、正衣冠、洗洗澡、治治病，下猛药，出重典，行业领域里的不作为、慢作为和乱作为问题得到有效治理，全社会上下呈现一股拨乱反正，正本清源，发掘正能量、传递正能量的良好态势。

正能量不怕多，怕的是人们失却了一双发现的眼睛。对于网友们认为"真正的孝心不是作秀说教，而是互相尊重理解"一说，笔者首先要予以认同和肯定。但值得一提的是，密山一中的洗脚感恩会与这些高要求并不矛盾。换句话说，洗脚感恩会前前后后本身就充分寓含着"互相尊重理解"。正如学生小孙在感恩会上所言，当他的手放在父母脚上的那一刻，自己才明白父母把自己养大有多么不容易，以后一定要好好学习回报他们。毕竟，这样的体验，他们从未有过。

回到新闻事件，就算密山一中的洗脚感恩是一次"作秀"，但我们没有理由断定该校后续感恩活动就一定没有了"互相尊重理解"的"实物""干货"或"精髓"吧？形式是为内容服务的，仪式也具有它自身的意义。学校在重大节日、纪念日里举行必要的仪式，营造一个氛围是不可少的。只要是传播正能量的"作秀"，多一些又何妨呢。

教育，本身就是一种唤醒。为什么要唤醒？"家里就一个孩子，我们平时不给他们洗衣做饭就不错了，让他们给我们洗脚，真是头一回。"一新生家长是这样说的。

当然，教育更重要的意义还有引领。密山一中的做法意在，通过这种隆重的仪式营造一种感恩教育氛围，对弘扬传统孝道文化，帮助学生树立正确的人生观，无不产生深远的影响。

逆商教育三步棋

"现在的孩子，怎么就这么说不得骂不得呢？"

"一句批评的话就受不了，将来还怎么在社会上生活？"

"这些孩子，衣来伸手饭来张口搞惯了，经不起一点挫折！"

"……"

前不久，一名 17 岁上海籍男生被其母亲批评后，毅然决绝地从车上冲下来，纵身跳下黄埔大桥身亡。一个花季少年的陨落，无不引起人们尤其是教育人的遗憾和痛心。

生在新社会，长在红旗下，这曾是多么令人羡慕的幸福生活。可是当下这些时代宠儿们似乎并不留恋这样的生活。

据报道，2019 年 4 月 29 日，已经较长时间处于抑郁状态的湖南第一师范学院的 21 岁大四学生小易，在深圳一家单位仅仅工作两天后返回长沙学校体检途中跳河身亡。令人悲痛的还有，今年 23 岁的赵磊，就读于某商贸学院会计专业。原本应该在今年 6 月份毕业的他，却因为一篇毕业论文返回修改几次仍未通过而服毒自杀。

生命有来就有去。以上事件虽然都是个例，憾痛之余，但却给家长、教师敲响了警钟。当下，年轻的人思想上究竟发生了什么变化？在不输在起跑线上的众目睽睽之下，他们稚嫩的心灵究竟承受着多大压力？又是什么成了压垮他们的最后一根稻草？毋庸置疑，如今的学生已经面临着学习、交往、考试、就业等多重压力，不论是学校还是家庭，都应该清醒地看到这一点，都应该更加重视学生的抗挫折教育问题。

纵观当下学生的学习生活，外在的挫折可能更多来自于学习、考试、生活、找工作等方面压力；内部的挫折则来自于生理条件、能力水平、动机冲突等等。外部因素，我们固然无力改变，但从内部因素着手进行必要的疏导教育，帮学生缓解挫折带来的压力。

有人感叹：当下孩子们不愁吃，不差穿，就差对生活的切身体验。对生活在新时代的孩子，如何进行抗挫折教育？如何有效地对时下仍然处在两点一线的孩子们进行逆商教育？这是全体教育人，尤其是家长和教师不得不重新思考的问题。

在《养育的选择》一书中，陈忻博士告诫我们：抗挫折教育不是给孩子故意制造障碍，不是在孩子面对困难的时候不管不顾，不是用"你自己想办法解决问题"进行所谓的激励，而是父母在孩子遇到困难的时候，要给予他们情感上、认知上、思维方式上的全方位支持。不让孩子单打独斗，打无准备的仗，要通过父母的引导和支持，让父母的爱成为孩子坚强意志的后盾，这才是挫折教育的核心。

究竟该怎么做，一位有识之士把抗挫折教育归纳为"三步棋"很值得借鉴。

第一步棋，父母和师长情感上的支持，认同并帮助孩子疏导面对困难和压力时的情绪，这是亲子关系、师生关系强化的有利时机。

第二步棋，帮助孩子正确认识挫折和困难，学会接纳，明白世界是运动的，事物是变化的，世事并无完美，谁都可能面对挫折，接纳困难也接纳自己的情绪。

第三步棋，引导孩子养成解决问题的思维方式，在问题解决的过程中让孩子感受体会自我成长、情绪流动，以及自信地一点一滴建立的美好。

第四辑　搭石

两颗心的距离

"现在的孩子就是任性！"

"熊孩子虽难教，熊家长更难缠！"

办公室里，几位同事又在为家校关系发感慨。听得出，话语中存在诸多无奈。说实话，自己确实有过同感。但细细想来，他们的观点也不敢完全苟同。因为，任何问题的产生都不是空穴来风，一定有其产生的背景。家校问题，只有弄清楚是什么，明白了为什么，最终才能落实怎么办。

家校矛盾为什么会产生

我经常反思一个问题：家长望子成龙，学校望生成才，很明显，两者之间的目标就是朝着一个方向。可为什么不能心往一处想，劲往一处使？有甚者，甚至还成了冤家？追根溯源，问题集中在几个关注点上。

学生的书包。减负口号喊了好多年，但中小学生的书包越来越重。越来越重的书包让学生苦不堪言，让家长心头也生出诸多误会。有家长，一看到孩子鼓鼓的书包就不加思考地认为都是学校强迫学生买的，一听孩子说要钱买文具书本之类，就会脱口而出地扣上哪个老师又在推销教辅资料的帽子。

食堂的饭盘。有学生食堂的学校，饭盘成了家长和学生关注的又一个焦点。孩子们的饭菜分量够不够？质量高不高？是否物有所值？一份早点、一份中晚餐学校究竟赚了学生多少钱？一系列问号在学生家长心目中成为一个化不开的心结。

校园的小卖部。学校的小卖部也是家长的口水之地。在少数家长眼里，不是嫌价格太贵，就是嫌质量太差。事实上，少数学校也的确存在价格偏高的问题。这就给一个本来是为学生提供方便的好事，反倒成了少数家长心目中赚钱盈利的口舌。谈钱就不亲热，这些问题，或许是难以完全避免的个案行为，却让部分家长以讹传讹，以偏概全地推而广之。久而久之，在家长心目中形成了学校总是爱侵占学生的利益的印象，以至于积怨越来越深，矛盾越演越烈。

家校双方的观念。无论是学生家长，还是学科教师，由于生活背景、文化层次等多方面差异，对于教育观、学生观、世界观、价值观等等有着不同的理解和追求，在教育学生的方式方法、目标定位上就会出现或多或少的分歧。这种分歧一旦产生，家校矛盾也就形成。如果超过某一方的包容限度，家校矛盾就会急剧恶化。

找到了问题产生的源头，学校方面要加强政策宣传解释力度，加大校务公开的广度，还教师一个清白，给家长一个明白。多途径与家长沟通，大事化小，小事化了，亲近融合。

遭遇家校冲突，怎么办

可以说，绝大多数家长是通情达理的，在对孩子的教育上，很多事儿也是能与老师说得到一块儿的。除非少数"熊孩子"背后的"熊家长"。

快放周末假了，好不容易等到所有学生散去，想在办公室静静坐下来放松一下。刚落座，八（5）班一个学生被他的父亲拽着进了办公室。一进门就气势汹汹地指着八（5）班班主任李老师说："你这个老师说话怎么那么不负责任啊，我的孩子勒索谁的钱了，在哪里买烟抽了？"家长的一句话，似乎一下子点燃了年轻气盛的李老师心头的怒火。面对如此挑逗性质问，李老师也毫不客气地回话说："没有证据，怎么敢冤枉你的孩子！"没想到，此时那孩子拒不承认自己的错误。无奈之下，李老师叫来班上几个学生作证。更没想到，被叫去作证人的几个学生看到那个熊父亲气势汹汹的样子，也吓得唯唯诺诺说不出话来。

眼见这个情况，那个熊父亲的更是有理了。责怪老师无缘无故冤枉一个孩子，玷污孩子的清白。旁观的我和几位同事群情激奋，纷纷指责家长不该这样冲动，不该对班主任这个态度。提醒他，老师管教孩子，是对孩子负责，家长应该配合老师，不应只听孩子的一面之词。

本想劝解那位家长消消气，可谁知我的一句话反而激起了他的"连环炮"："做教师的绝对不能武断地损害一个孩子的名声""你们教书育人，是怎么育人的啊？"这家长怎么这般难缠呢？一旁的我们几个老师强忍住心头的愤怒。

从旁边观察发现，孩子们的话语中，只要一出现对他的孩子"不利"的情况，或有足够的证据证明他的孩子经常抽烟、经常欺负别人时，这个家长不是冷笑就是狡辩。嗨，没想到居然还有这样的家长！那时候，皇上不急太监急，我真是被他的无理取闹气得发晕，借口有事走出办公室。

好不容易终于送走了那位熊父亲，心情渐渐冷静下来。回想起事件的前前后后，确实我们几位老师有处理不够周全之处。虽然我们几个帮腔的人有理，出发点也是对的，但是我们那时候说话的语气出现了问题。出现什么问题呢？那时候，我们把家长放在了对立面，把家长当成了"敌人"，我们忘记了化解矛盾，解决问题是我们的最终目的，我们都放不下师道尊严的架子，犯了以眼还眼，以牙还牙的错误。

家校目标共同体如何形成

一切为了孩子，为了孩子一切，为了一切孩子。"三个一切"教育理念表明：家长与学校在孩子成长问题上，是一个同盟军，是一个目标共同体。所以，班主任、科任教师要智慧吸收家长资源中的正能量。通过"请进来""走下去"等下位途径，能积极主动地与家长拧成一股绳，有效形成教育合力。

一份"表白"，心与心的对接。记得去年秋季开学时，学校组织了班级管理论坛活动。一位老班分享了他的经验。他说，早些年，每接手一个新班，他都要通过书信与家长"接头"，向家长"表白"自己的管教出发点。告诉家长们自己接手了这个新班，就是这个班的领头羊。"表白"中，他将自己的姓名、电话以及对孩子们学习和生活等方面的基本想法一一告诉家长。字里行间无不鼓励家长树立教育信心，共助孩子成长。就这样，在尽短的时间内与家长实现"心与心的对接。正是赢得了家长的一颗心，以后的事儿就好办多了。

一份"会晤"，心对心的交换。很多班上孩子们的事，请人带话说、电话里说、微信里说、QQ里说，都不如面对面说来得真实，来得"动人"。家长会，就是促进家校情感沟通的一种重要"会晤"。所以，家长会上，班主任不能一个人唱独角戏，科任教师也不能不闻不问，一定要积极参加这样的"会晤"。一方面认识家长。一回生，二回熟，熟悉了就好说话了，熟悉了就好办事了；另一方面了解家庭。家庭环境对于孩子成长很重要。班主任和科任教师，只有真正了解学生的家庭环境，才能有针对性的提出家庭配合教育可行性建议，才能挖掘出有利于学生成长的正能量。

一份"合谋"，心与心的助力。望子成龙是每一个家长的迫切希望，盼铁成钢也是每一个科任教师的殷殷期盼。所以，就培养目标来说，家长和教师其实是不谋而合的。正是有了这份"合谋"，家长和教师才能"心往一处想，劲往一处使。"，当教育孩子过程中出现矛盾问题时，家长才能理解教师的良苦用心，教师也才能理解家长的无助或无奈，然后，共同寻找解决问题的突破口，最终形成强大教育合力。

一份尊重，心与心的温暖。教师是从事教育工作的专业技术人员，相比多数家长而言，教师应该是教育业务上的内行。所以，从某种程度上来说，教师有指导培训家长的责任和义务，教师应该有尊重家长的品德和行为风范。遇上教育上的分歧时，教师不能随意批评家长，要设身处地帮助家长。如果家长做错了，应开诚布公，实事求是。把握一条准则：为了孩子健康成长，不迁就不良的、错误的行为。对于那些一时间不能理解学校和教师的家长，科任教师不能"与他们一般见识"，要有智慧的回避正在激化的矛盾。要有海纳百川之胸怀，耐心细致倾听对方意见和建议。相信，一份尊重，定然赢得一颗真心，相信，坚冰也有溶化的那一天。

如何与家长打交道？最终说回来，这个问题其实很简单。那就是，我们自身要明白"与家长打交道"最终目的是什么。只要我们明白最终是为了解决矛盾，是为了形成合力，我们就有了破解之法。因为它既不需要硬来，也不需要智取，只需要缩小科任教师与家长"两颗心"的距离。

捧一颗心给家长

一年一度的科技节开始了。

那天下午，我正在运动场上带领八年级孩子们参加科技节集训活动。李强的妈妈找到我，说正是为科技节活动而来。她说孩子七年级时本就学习成绩差，八年级是关键时期，怕参加科技活动小组会更影响学习，请老师别让孩子参加了。

听了李强妈妈的话，我很理解她的心情，因此我没有直接回绝她。"哦，您是为这事来的啊！是呢，当初李强报名时我也担心过。这孩子眼前来看，学习基础确实不是很好，这一参加了科技活动或许更加耽误了学习。但又一想，现在的孩子自尊心强，班上其他人都参加了，不让他参加，他一定不好受。"看得出，李强妈妈有些动摇。

"再说，开展科技活动的重要目的就是开发孩子的智力，激发孩子的学习兴趣，或许在科技活动中，李强受到启发带来学习上的进步呢？我当时就是抱着试试看的态度让他参加的。结果呢，参加兴趣活动后，他像变了个人似的，比以前活泼多了，学习也认真多了。您可以看看他近期的作业就有了明显进步。"一边说着，我把李强妈妈带到了办公室里。

听我刚才这么一说，再翻开孩子的作业，那上面"白板"没有了，一次又一次的老师肯定进步的批语，让李强妈妈先前的愁容舒展开了："那就听老师的喽！"连声叫谢，高高兴兴地回家去了。

作为班主任，我们经常会遇到家长的个性化要求。有要求给孩子调换座位的，有要求让孩子担任班干部的，有要求准许孩子不参加集体活动的等等。不管事大事小，考虑家校关系的和谐，对于家长各种各样的要求，我们常常又不能简单粗暴地予以回绝。那么，班主任究竟该怎样巧妙的处理好家长们提出的要求，又不会影响自己正常的班级管理计划呢？

先听家长说，接受诉说。班主任能赢得家长的支持是一件极其不容易的事。无论家长提出什么要求，无论他们的要求合不合理，无论他们是随意说说还是郑重其事，作为班主任都应该耐心倾听，并认真做好记录，不要急于作出回答甚至回绝。一方面怕事务繁多而遗忘，真正耽误了孩子，引起家长误会；另一方面，这样做体现出班主任对家长意见和建议的重视，用诚意安抚一颗满怀期望的心，从而凝聚更多的日后用得着的教育正能量。对于合情合理的要求，班主任要尽力、尽快的满足。比如，把我的孩子管严点、让孩子少吃零食等；对于不合情理的要求，比如，挑选座位，想当班干部等，班主任可以和学生本人沟通，让学生明确：班级里的所有资源是大家共有的，班上所有的人都有平等享受的权利和机会。从而做好疏导解释工作。

再替家长想，统一思想。家长的个性化要求，其目的其实与老师的心愿是一致的，只是因为他们对老师的真正想法不了解。对此，班主任可通过一定途径，弄清家长的真正目的，把握家长与教师目标的共同点，求得双方思想和目标的统一。对于李强妈妈不想让孩子参加科技活动的要求，我则通过对学生的学习成绩和科技活动两方面的精心考虑，凸现了老师对学生学习的关心和重视，寻求了家长与老师目标的一致。话语间使家长感受到：老师想的和自己想的一样，都是从孩子的成长考虑，甚至比家长想得还周到，因而收到了理想的效果。

后让家长明，表明态度。可怜天下父母心，有时，家长单方面提出一些不合情理的要求，完全是出于对孩子的娇惯，不仅不利于班主任全面开展工作，还不利于学生健康成长。对于这样的要求，班主任一方面要理解当家长的那一颗父母心，不妨借助三寸不烂之舌表达出自己对学生真诚的爱抚，让家长打消顾虑；另一方面，要表明态度，手心手背都是肉。对于班上任何一个孩子，都看成自己的孩子一样，绝不会亏待任何一个，班级里所有的安排都是朝着有利于每一个将来的成人、成才和成长考虑。只要和家长之间心和心走到一起，想必这类家长就不会再那么固执己见了。

其实，在一个生而不养，养而不教以致留守学生、问题学生越来越多的当下，我们更关注家长对孩子的成长和教育是否有更多的正作为、实作为、大作为。说到底，家长提出个性化要求，并不完全是一件坏事，它彰显出的是家长对孩子在学校的学习和生活方方面面的关注，是对学校教育的积极参与，很大程度上，它将可以转化为学校教育的正能量。班上有这样的家长，我们应当感到高兴才是。怎么是好？一切为了孩子们，为了一切孩子，为了孩子的一切，捧着一颗心来，不带半点草去。

如此请家教

随着经济和社会的快速发展，各个家庭越来越注重对教育的投入，故此，国内外家教市场也就应势而生，火爆之势呈逐年上升趋势。无论是国家还是家庭，加大对教育的投入，无疑是一件大好事。但是，如何请家教，何时请家教，真正收到"望子成龙"的对等收效呢？我认为，作为家长，不得不事先想明白三个问题。

第一个问题：请家教，教什么

不可否认的是，当下一部分家长在给孩子请家教问题上有盲目跟风之嫌。一到寒暑假，他们脑子里就想到的是如何给孩子补课。至于孩子眼前的学业现状究竟咋样，成绩不佳是态度问题、智力问题、还是技巧问题？他们在思想上没有过多的考虑和追问。很显然，这样的补课，就是瞎子点灯白费蜡——既浪费了时间，又浪费了金钱，更甚之，助长了孩子的依赖思想，惯坏了孩子的习惯。我们不否认"时间＋汗水"的积累效果，但我们更要相信把力用在刀刃上的科学道理。所以，在请家教之前，我们必须根据自己孩子的情况，先行思考的第一个问题是：请家教，教什么？

第二个问题：请家教，谁来教

弄清楚了教什么的问题，接下来就是，考虑请什么样的教师来为孩子上课了。是请在读大学生，还是请在职教师？我们当然不可否认少数优秀大学生的能力和水平。但一般来说，在职中小学教师应当属于首选，而在职教师中，对于教育学、心理学有研究，读书多的教师又是首选中的首选。理由很简单，只有这样的教师，才真正懂得孩子，只有真正懂得孩子，才能实施因材施教。所以，请家教切勿久病乱投医，胡乱选一个在读大学生来当家庭教师，很大程度上只能灌知识，而不能建构知识和内化知识，甚至将孩子的学习引入歧途，后患无穷。所以，选家庭教师一定要选"明师"——明白的教师。

第三个问题：请家教，怎么教

请到了明师，关于怎么教的问题就相对好办了。如果家长发现了孩子某个方面的不足或者严重的问题，可以与明师一起分析沟通，将之纳入施教方案考虑之中。一位有智慧的家长，一般是采取请师师为主的办法，直接由家庭教师诊断，然后拟定实施施教方案。我们有足够的理由相信，一位明师制定的方案绝不会把单纯的学科知识灌输作为他整个教学的着力点和落脚点。他会以人为本，站得更高，看的更远，将学生的基础水平、兴趣爱好、情感态度、行为习惯、发展潜力等因素结合起来，综合考虑并实施教学策略。值得一提的是，虽然，明师的教学策略或许不会在短时间内看到吹糠见米的提分效果，但它对孩子的终身发展的"底色"影响一定是不可估量的。

家教，究竟该不该请，怎么请，不可一概而论。但是，请家教之前，思考有关的几个问题是必须的。只有想明白了，请家教才不不至于出了票子反误了孩子。

三不管的家委会

一天，办公室里，同事们谈到家长委员会这个话题，一个孩子高中刚毕业的同事说："家长委员会啊，这个东西，能起什么作用呢？不就是帮学校催着收费吗？"听到这句话，我很无奈。连教师自己都不认可家长委员会，又怎能指望参与组建实现家校合作呢？虽然这个回答不能代表所有教师的观点，但从中可以看出：家长委员会尚未真正落地生根，它在实际运行过程中也存在各种问题。

事实上，关于家长委员会建设，在大多数地方的确存在一个"三不管"的尴尬局面：校长嫌麻烦按兵不动，教师怕被监督避而远之，家长认为走形式被动应付。为了避免这种尴尬局面的出现，我们需要对家委会这一新生事物予以重新审视。

为什么建立家长委员会

家长委员会（简称家委会），对于我国中小学校而言，尽管是一件新生事物，但从教育发展的现状来看，它势必成为国家办人民满意教育、创人民满意的学校的发展所需。

建立家委会是社会发展的要求。学校教育、家庭教育、社会教育三者之间存在着不可分割的必然联系。高速发展的现代信息技术，为学校、社会和家庭之间建立联系创造了及时有效沟通的硬件条件。如何设计一个"软件"为学校教育、家庭教育和社会教育搭建一个沟通互动平台，家委会就应势而生。

早在2012年3月，我国教育部下发了《关于建立中小学幼儿园家长委员会的指导意见》。《意见》指出：中小学生和幼儿园儿童健康成长是学校教育和家庭教育的共同目标。建立家长委员会，对于发挥家长作用，促进家校合作，优化育人环境，建设现代学校制度，具有重要意义。很明显，《意见》既明确了建立家委会的目的和意义，各级教育行政部门要领导辖区中小学校建立起这一个家校联结组织，又要把握好政策依据正确发挥家委会的作用。

建立家委会是家校合作的需要。一度时期以来，随着物质生活水平和知识文化水平的提高，人们对于万事万物的认识提升到一个新的高度，尤其是对于教育问题的认识，仁者见仁智者见智。由之而来的新问题是，随着新课改的不断深入，学校教育与家庭教育之间的意见分歧就不可避免。深入分析前些年各地出现的诸多家校冲突事件，其矛盾的产生和升级的根本原因就是沟通不畅，理解不够，意见未能达成统一造成。让一个原本有着共同的育人目标的家校双方险些走到矛盾的对立面。

一切为了孩子，为了一切孩子，为了孩子一切，各地教育主管部门在分析问题的深层次原因后，头脑中自然联想到能否像一个单位的职工大会一样，建立一个自我协调的"第三方"自治组织？面对教育改革发展的新形势，各地教育主管部门借用一些试点省份成功经验，要求辖区各中小学校尽快建立家委会。目前，尽管家委会还不够完善，其预期作用尚没能真正发挥出来，但据不完全统计，大凡建立了家委会的地方和学校，一定程度上家校矛盾事件相对减少了许多。这不得不让人们重新认识，并朝着最大化发挥家委会的积极作用方面思考和努力。

家委会运行面临哪些现实问题

一个新生事物被接纳需要一个从认识到实践的过程，家委会也不例外。当下，受多方面因素制约，家委会运行现状不尽人意，面临多方面的困难。

学校方面态度不积极。中小学生和幼儿园儿童健康成长是学校教育和家庭教育的共同目标。从理论上讲，家委会能为学校提供人力、物力和智力支持，但事实上，家委会从一开始并没有受到学校教育的热捧。原因很简单，对于学校而言，围绕眼前的办学指挥棒，绝大多数中小学校考虑更多的依然是，如何帮助学生应对考试、提高分数。至于在让学生健康成长方面，学校心有所想而情所不愿。因此，一个并不能在助力考试和提高分数上起到吹糠见米作用的家委会，自然就成为一些学校桌面上的花瓶，最多在经验总结会上被一些领导捧起来大肆鼓吹一翻。

家庭方面有力无处使。受传统人才观念影响，家长的望子成龙思想并没有完全消减。对于大多家庭来说，迫于孩子们升学、就业、名誉的诸多压力，没有几个家长真正敢、真正肯让自己的孩子只满足于看不见的"健康成长"，而心甘情愿退出千军万马过高考独木桥战役。所以，对于如何办学，家长们依然是言听计从于学校。只要是对孩子的考试和分数有帮助，学校怎么说都行，谁也不愿意成为考试和分数的绊脚石。虽然家长中不乏有方方面面的教育资源能派上用场，但在分数面前，再丰富，再优质，家委会也无力助推而发力，家委会实际上就近乎沦为有各方面的傀儡。

主管部门的期望难落实。尽管家委会是在地方教育主管部门领导下组建的，但组建之后的运行，却是完全依赖于学校方面组织实施。对于家委会的履职，学校是责任主体，也成了权利主体。也就是说，对于如何启用家长委员会，用与不用，多用还是少用，事事皆用还是关键时候用，学校才有权做主。家委会往往处于被召唤、被支配地位，无权干涉学校任何事务。教育主管部门呢？因为事物繁多、天高皇帝远也无余力时时干预。所以，《意见》所期望的建立家委会之目的和意义虽然重大，其远景期望却难以真正达成现实。

如何最大化发挥家委会的教育价值

明确了家委会的意义，发现了运行中的问题，接下来应是探寻走出困境的途经，最大化发挥家委会的教育价值。

领导到位，规范建立组织。家委会是办好人民满意教育的义务主体，更应是一所学校创建满意学校的权利主体。主管部门要高度重视家委会的组建，切勿任由学校、班主任不分良莠，随意喊三五个家长，简单造个表册建个档案，需要时来"凑个角儿"。要发挥这一组织的主观能动性，须从办事能力强、政治素质高、社会公信力好的家长中精心挑选家委会人选。教育主管部门要充分行使领导权，敦促各校规范办学行为监督员履职尽责，先行从学校提供的家长信息中开展广泛深入的调研。在尊重家长意愿的基础上，实行双向选择，层面兼顾，于每学年开学之初择优完成家委会组建工作。

培训到位，明确职责任务。家委会是什么，干什么，注意什么，绝大多数教师和家长并非完全认识到位，这就需要主管部门牵头组织家委会成员接受岗前培训。岗前培训既要宣读教育部《关于建立中小学幼儿园家长委员会的指导意见》，以及地方教育主管部门配套出台的家委会细则，还要分析当下学校教育中，建立家委会的现实必要性和远景目的意义。要让家委会成员明确他们将肩负参与学校管理、参与教育工作、沟通学校与家庭等职责。主管部门要通过颁发聘书、签订责任书等形式，让家委会成员认识到这个职责是光荣的，更是神圣的。只有思想上提高了认识，明确了职责任务，才可能有管理、教育、沟通的角色到位。

履职到位，形成家校合力。教育主管部门要牵头拟定并形成一套统一的让家委会参与学校教育管理的制度和方案。由学校组织，定期或者不定期召开家委会办公会和通气会，及时通报学校发展的重大方针政策，保持与政策法规一致的意见口径，按照制度分配家委会应该担负的工作；同时，家委会对于发现的问题，要敢于建议和质询，该纠错的，要督促纠错，可优化的，要优化。要多措并举形成一股强而有力的教育合力，要让家长和教师都看到家委会的作用是全面的、公正公开的。努力为学生营造一个积极向上、平安和谐、轻松愉快的成长环境，让每一个孩子都能在最优的环境中得到最好的成长。

评价到位，促进良性循环。从长远看，建立健全相关法律法规，明确家委员权利和义务，保障家长对教育管理的参与权，树立家委会强制力和权威，很有必要。在法律法规尚未出台之计，为了防止家委会有与无一个样、干好与干坏一个样的问题出现，教育主管部门要制定一套家委会评价机制。学期结束要通过现场考察、家长问卷以及查阅档案等办法，对家委会开展工作情况进行认真考评。考评结果要与学校办学水平评价挂钩，是正常履职，还是履职不力，都要反馈给每一位家委会成员，确保后期工作改进中提升效力。至于家委会成员的物质待遇，有条件的学校，可以给予一定的经济回报。

任何事物的发展要看到积极的一面。我们不能因为家委会眼下的困境，对家委会成立的必要性产生怀疑，也不能否认家委会近年来取得的成绩。事实证明，不少学校的家委会在协助学校开展安全健康教育的、与学校共同做好德育、支持推动减轻学生课业负担、营造良好的家校关系等方面确实起到不可小视的积极作用。我们有理由相信，只要主管部门搭起台子，学校方面放下架子，家委会自身找准位子，家委会一定能尽快落地、生根，并真正开花结果。

鸡肋家长会

　　周五本是轻松愉快的日子。可办公室王老师一脸的不高兴。仔细一打听，才知道他今天没有去开家长会，女儿在学校那边急哭了，一个劲儿的埋怨他们夫妻俩。为何一个家长会弄得王老师也很无奈？

　　原来，王老师的女儿去年上高一。开学后第一个月考试后，学校通知他开家长会。接到通知后，他对老婆说："第一次家长会，我是一定要参加的。"王老师考虑到女儿刚换了环境，面对新学校、新老师、新同学、新学段等一系列新问题，比如，饭菜吃得惯吗？女孩子住宿习惯吗？分班情况是怎样的？文科类、理科类各个学科能不能跟得上？

　　"没想到，那所学校的第一次家长会整个弄成一个表功会"王老师说，一开始是校长汇报今年高考升学率，然后是班主任汇报近期活动情况，最后是家长委员会代表布置有关节假日补课收费事宜。王老师本想来一趟不容易，找任课教师问一问孩子近况，结果呢？历史老师没来，地理老师出差，政治老师去了别的班，就班主任一人唱着独角戏，被几十个家长围得团团转。

带着一肚子的不快，王老师回来后愤愤然跟老婆讲起这个情况。老婆说："这样的家长会有什么意思？那我们下次就不去了吧。"没想到，这次没去参会，又出现今天这个情况。

体会到王老师当家长的感受，作为家长会的组织者，我们确实应当深入的思考几个问题：家长会是谁组织开的？家长会为谁开的？召开家长会目的意义何在？弄清楚这几个问题后，我们后期组织班级家长会或者学校层面家长会，是不是应该多一些换位思考呢？

家长会是家校联系的桥梁。我们召开家长会，不就是争取支持，统一思想，共同解决当前学生学习和学校生活等方方面面的问题，为学生营造一个轻松愉快高效学习的环境吗？既然是这样，作为学校领导，作为班主任，我们又怎么能高高在上，主客不分呢？

如果真的想明白了，班主任应该很快在思想上转过了这个弯子：学校、班级组织召开家长会，一定要把自己放在主人位置上，会议全程要表现出彬彬有礼的待客之道。

首先要让家长感受到校方浓浓的诚意。我们人人都做过客人，做客时，只要东家确实为迎接客人到来认真准备过，咋一进门就能感受到那浓浓的迎客味儿来。所以，家长会上给家长的第一印象很重要。班主任是班级里的一家之长，要提前安排做好准备工作。比如，教室的卫生、课桌的摆放、标语的书写、茶叶水杯等都要事先考虑到，并安排细致责任心强的班干部专门负责。要让家长们进入教室的那一刻起，就能感受到班级对于家长会的重视。做到了这一点，想必家长们心底里自然首先萌生的就是温暖和感动，这个家长会也就初步获得成功。

"其实，热情接待是务虚的，它只是一个感觉，一个印象问题。"王老师说，"学校那么大，家长人数多，即使出现烟不烟，茶不茶的，做家长的怎么不能理解呢？关键是要有些干货撒！"说着说着，王老师自己又笑了起来。

我们当然知道王老师说的"干货"。的确，学校方面要把求真务实落实到家长会的前前后后，尽可能减少那些表功、收钱等内容的无厘头鸡肋式家长会。只有站在客人位置，才能拿出诚心诚意的待客之道。组织召开家长会之前认真思考，家长们本来就忙，之所以抽出时间来参加家长会，他们希望做什么，不希望做什么。只有真正换位思考，才能开出高效务实的家长会。我们或许当过家长，想起来，其实在家长会上，不仅仅是孩子的考试成绩，在学校是不是听老师的话，其实我们还有多方面的期盼。

第一盼，通过家长会，知道孩子近期在学校的学习和生活表现情况。"第一次家长会实际上还是有收获的。"王老师说，通过那次家长会，他知道了一个重要情况：他的女儿对新阶段的学习很不适应，特别是文综科目和理综科目，几次考试几乎都只能在及格边缘。同时还发现，孩子自身也很着急，畏难情绪明显。知道这个情况后，他们夫妻俩进行了自我反思，想方设法给孩子打气鼓劲，并相应做出了后来选科调整。

第二盼，通过家长会，知道科任教师怎么看待自己的孩子。长期跟着父母生活，自己的孩子是一个什么情况，家长心目中或许有一本账。但是，大多数有责任心的家长还是怕自己对孩子了解和认识不够全面，希望知道在科任老师眼里自己的孩子是一个什么情况，毕竟老师比自己更权威一些。比如，孩子的学习动力、智力水平、发展潜力、存在的不足等等。在全面认识孩子后，有些家长会开始反省自己，有些家长会重新调整教育思路。家长就会少走弯路，与科任教师一道，心往一处想，劲往一处使，有效形成教育合力。因此，家长会之前，学校或者班级必须围绕家长所思所想，与科任教师碰好头，认真开展集体备课，对于家长们可能提出的问题做好答疑解惑准备。

第三盼，通过家长会，知道学校方面、老师方面需要家长如何配合。"形成家校教育合力，为孩子们顺利完成学业是家长和老师的共同愿望。"

王老师说，他希望学校聘请教育专家或者安排有专门研究教育方法的资深教师给家长们上课，就平时学习习惯养成、一日三餐营养、正确作息习惯、同伴关系处理、考前心理疏导等等，给予一些可操作性的指导意见。家长会不能仅仅局限在怎么征订资料、怎么补课、作息时间调整等一些具体小事上，而应当从长计议，为孩子们的终身发展，共同研究教育策略。

苏霍姆林斯基说：教育的效果取决于学校和家庭的教育影响的一致性。如果没有这种一致性，那么学校的教学和教育过程就会向纸做的房子一样倒塌下来。其实，作为家长，王老师的想法不无代表性。我们从他的谈话其实已经明白家长会的精髓就是，换位思考，求真务实，急家长之所急，盼家长之所盼。

大学生的迷茫期

大学时光是一名学子十年寒窗一路走来的学以致用"试水"时期。大学学习既是对中学所学内容的总结和延伸，更是专业化、系统化研究学习的开始。大学是一个人的"人生的紧要处"，不是完全让人坐下来歇息的驿站，而是人生旅途的一个爬坡前行的加油站。

遗憾的是，当下不少大学生没能深入认识到大学学习的关键性和重要性，很大程度上放松了对自己的要求，有的甚至躺在高考成功的功劳簿上睡大觉，白白浪费四年的青春年华。所以，对于刚进入大学校门的大学生来说，这个时期最需要学校和家庭给予提醒、点化和引领。无论是学校还是家庭，都要高度重视这段迷茫期，对他们进行必要的"高考后教育"。

先是要对他们进行心理调适教育。纵观一个大学生的成长，他们从小学到初中，再从初中到高中，在这 12 年时间里，为了能顺利挤过高考这座独木桥，他们无不都是紧绷着神经，小心翼翼地走了过来的。可一旦高考结束进入大学以后，他们再没了往日里闻鸡起舞、挑灯夜战的起早贪黑，也再没了科任教师和家长成天念叨的考试、分数、名次之类的紧箍咒语，这时候的他们几乎成为自由人，高度的自由人——学业任务少，自由支配时间多，一部分人开始出现不适应反应。所以，家校双方都要看到这一问题，尽快对他们实施必要的心理疏导。

其次，要对他们进行人生规划教育。经过高考走来，他们的第一个人生梦想实现了，而接下来该干什么呢？或许每一个人的思想上进入一个暂时的迷茫期。一些孩子无所事事，开始了抽烟、喝酒、低级无聊的玩乐；一些孩子开始了打牌、赌博甚至染上了吸毒；一些孩子开始谈恋爱，论婚嫁。总之，在这个充满无限诱惑的时代，读书学习已经不再是大学生们的天职。这就需要有人引领他们思考人生发展规划，以免误了美好的人生年华。

那么，高考后教育该由谁来做呢？我认为，广州一所大学推行的发学业警告通知书举措值得借鉴。高考后教育要由学校和家庭共同来承担，家校双方要拧成一股强劲的家校合力，找到自身的角色定位，真正把高考后教育落到实处。

作为家长，要牵拉好一根"风筝线"。由于孩子大了，离家远了，再在肢体管教、言语说教方面采取措施已不现实。怎么管教？这个阶段里，多数情况只能靠家长的人格魅力遥控指挥。看起来是一个很高标准的要求，但是做起来也不是一件遥不可及的难事儿。

比如，可以通过短信、微信、QQ等平台与大学指导员取得联系，及时掌握信息，对孩子进行督促和激励。适度地给他们算算账，叫叫苦，算每月的基本生活开支细账，叫父母辛勤劳作收入微薄之苦。一方面让他们知道，钱来之不易，要量力而用，打紧开支；另一方面要让他们知道，时间如流水，学习如逆水行舟，不要忘记继续努力。同时，家长还可以有意识地从物质上、生活费用上给予有计划的控制，细水慢流，防微杜渐，有效地避免他们养成大手大脚坏习惯。

作为大专院校，要竖起一根"风向标"。柳青说：人生道路虽然漫长，但紧要处往往只有几步，特别是在人年轻的时候。已经圆高考梦的孩子们，还处在暂时的迷茫期、缓冲期和过渡期。下一步怎么办，该干什么，在他们思想和认知上，大多还没有清醒的认识。学校要为他们竖起一根风向标。一方面，要及早告知学生学校方方面面的管理制度、学业评价考核方案，给他们以适度地压力；另一方面，要帮助他们分析本专业现状和就业前景，请一些未来的对口单位到学校开展岗前培训，引导他们及早找准方向，制定好合理的专业成长规划，给他们以足够的动力。

实施多管齐下的高考后教育，可以有效遏止大学生们陶醉在过去的光环上，能为更多的大学生发掘出的新的的动力源，把握住人生紧要处，不忘初心，砥砺前行，真正成为具有真才实学的国家栋梁乃至全球胜任力人才。

家访的剩余价值

最近，一则咖啡店家访新闻引起了众多网友的热议。据报道，上海市某小学一位新接任三年级的班主任，通过微信群向班里家长发出了家访邀请。邀请家长们在指定时间到达学校附近的一家咖啡店，三人一组，每组一个小时进行面谈。

事情发生后，家访这个由来已久的话题又一次被搬到桌面上。尤其是在各大教育群里，网友们对于家访的时间、地点、方式等孰好孰坏各执一词。观察发现，这些仁者见仁，智者见智的观点中，无不启发人们再次思考几个很明显问题：什么叫家访？新时期为什么还要家访？新的时代背景下，基础教育学段的教师应如何做好家访这门必修课？

什么叫家访

说起来，这是一个再简单不过的问题了。家访，顾名思义不就是去学生家里访问吗？为什么如此简单的问题，却引来了那么多的争议呢？这里，显然存在一个定位问题。

什么是家？很显然，这里的家，是指的某段时间里稳定不变的居住场所。对于中小学生而言，就是下学后，与父母亲、爷爷奶奶、兄弟姐妹等亲人团聚共同生活的地方。那么，这样的带着亲人温暖、伴着亲人呼吸的个性化场所，显然一个咖啡店、一个肯德基店、甚至是一个大酒店，都是不能简单替代的。

什么是访？从字面构成可以看出，访，就是向人询问，调查。访求：探访寻求；访视：探问，看望。访问：探访，询问；访晤：探访会晤。看得出，访虽没有明确访的固定地点和场所，但有一点是肯定的，那就是必须是访的一方主动而为。

随着信息时代的快速发展，人类这个群体信息交流的方式多种多样。如今，随着人员流动性的加大，电话、校讯通、微信、QQ等等已经成为学校教师与家长沟通交流的普遍采用的通讯方式。即使这种访，能达到一定程度上的信息沟通，但也只能是学校教师对家长的访，不能替代教师上门到实地进行的家访。

所以，家访，最终说来，就是去学生家里访问。任何电话、校讯通、微信、QQ、咖啡店等都不能替代家访。如果有教师认为这些地方可以替代学生的家，那完全是对家访一词的曲解。更不免除某教师有图简单高效、偷懒耍滑，甚至有渎职行为。

为什么要家访

做任何事情，不能盲目而为，首先要思考为什么。只有弄清楚为什么之必要性，才可能寻求怎么办的途径和方法。那么，教师为什么要开展家访？或许这个问题很多学校领导、教师没有认真细致的思考过，甚至存在思想误区，有些教师就自然不能理解。

"为什么家访啊，这不是教育局规定每一个教师必须完成的工作任务吗？"

"现在都什么时代了？还有必要这么一个一个地去家访吗？做事得讲效率啊！"

"家访，不就是告诉家长孩子的分数和他们在学校表现不好吗？有什么在电话上、微信里说不明白的！"

很明显，一些教师在家访的必要性和重要性问题上，其认识不够到位，理解尚不够深入。有些认识甚至发生了明显的偏差。

那么，教师究竟为什么要家访呢？我认为，家访不是完成任务搞形式，家访也不是虚情假意走过场，家访是为了了解问题、研究问题、最后解决问题。比如，这个学生，为什么经常性迟到？这个学生为什么老是不能完成家庭作业？这个学生为什么经常在课堂上打瞌睡？这个学生为什么早恋后多次劝诫不能自拔？这个学生为什么老是不爱说话，集体活动总是溜边边？为什么这个学生没有写要求补助的申请，要不要给他给予贫困寄宿生的补助呢？等等问题，对于一位班主任，尤其是新接手的班主任来说，都是需要通过家访才能面对面地实打实地弄清的信息，才是真实、全面、富有教育学意义的信息。这些信息将为班主任和学校给学生画像提供性格、兴趣、爱好、习惯、需求等多方面素材。这个"画像"在科任教师心中定格成一个完整的人，为以后的教育教学提供不可或缺的重要参考因素。所以，家访是不可替代的，家访作用是多方面的。

首先，家访体现了教育者与被教育者的真诚关怀。对于一个优秀的班主任来说，他之所以决定去家访，不是因为这个学生长期没交作业了，而是因为这个学生可能需要特别关怀。比如，他是一个留守学生，或者他生病躺在家里已经好几天了等等，当班主任叩开学生的一扇扇家门时，面对突然到来的老师，学生及其家长所感受到的将是一种别样的温暖，而这种温馨显然是电话、微信、QQ 等无法传递的。

第二，家访缩小了教师和家长的两颗心的距离。坐在学生家里同其父母朋友般地促膝而谈，比起在电话里三言两语地和家长对话，二者的心理体验是完全不一样的。前者是面对面的眼神交流和心灵融合，而后者只是声对声例行公事般地互通情报。都说学校教育需要家庭教育配合，在我看来，这种配合首先不只是让家长每天在学生作业本上签字，而更多的是设法使家长在感情上贴近学校，在心灵深处理解老师。离开了家访，这一切显然是很难达到的。

第三，家访增进了教师与学生的相互理解。如果说家长是孩子的第一任老师，那么，家庭自然就是孩子成长的第一摇篮。了解学生家庭房屋的结构、成员的文化修养、经济收入状况、家风家训等等，将有助于教师在教育过程中对学生真正的理解，进而让教育真正做到一把钥匙开一把锁。在一个对学生非常热爱而且高度负责的班主任看来，这样的家访本身就是他义不容辞的分内工作。

只有面对面、点对点、个对个地现场家访，才能达到主管部门、学校、家庭等所期望的教育效果。这对于形成家校合力，打造家校目标共同体都将发挥出不可估量的作用。

互联网＋时代，如何运用家访的"剩余价值"

随着国家宏观政策的调控，各地中小学校的生源已不再是"普九"前的那些服务对象。如今的中小学校中，一所学校的一个班级四五十名学生可能来自四面八方。

就城市学校来说，一般的学生家庭，距离学校几里，十多里路程。农村学校这一问题就更突出了，距学校数十里远的学生家庭占大多数，部分学生家庭甚至距离学校上百里路程。实事求是地讲，这样的家校分布的确给传统意义的家访带来了前所未有的工作难度。当然，再难不能成为拒绝的理由，再苦也不能成为推卸的托辞。那么，在新时代背景下，究竟该如何开好家访这门必修课，最大化发挥家访的"剩余价值"呢？

教师个人，要做到一个勤字。天道酬勤。任何时代，勤奋是不过时的。尤其是当下这个养尊处优的时代，能做好勤字文章的人，无疑将与时俱进练就扎实的专业内功。

一是勤思考，让理念回归育人本位。身处一个快节奏的信息化时代，教师的工作和生活节奏处于高速运转状态。有中小学教师吐槽说，我每天的备课、上课、批改、辅导、教研、培训、编制学案、质量分析、经验总结，八小时以内的琐事就难以应付，哪还有时间和精力去搞什么家访！像这样诉苦、埋怨、无可奈何的教师不再少数。表面看起来确是这样，但深入探讨也不完全是这样。

大多数教师观点是积极的。一致认为，任何事情，如果愿意去做，就没有任何理由；如果不愿意去做，就会找出一千条、一万条借口。作为一名教书育人的教师，家访就是分内的事，家访就是自己不可推卸的责任。这是教育的宗旨和原则。一度时期里，家访的"变味"，并不是国家放松了对教育的要求，而是一些教师的教育思想发生了"变位"。所以，家访要回归，首先是教育者的教育思想回归。思想是行动的先导。只有教育思想的回归，我们才可能肩负起家访的责任，才能深入认识家访的重大意义。试想，我们每天站在教室里，教学生学知识、学做人，但是连学生出生在一个什么样的家庭、父母亲是一个什么样的人文素养、学生家庭经济状况如何等等这些问题就一无所知，我们又怎么能实施因材施教呢？以人为本不是一句空口号吗？

二是勤实践，让行动播下互信的种子。班主任，无论有多忙，遇到棘手而拿不准的问题，切不可主观臆断，妄加定论。别的方式处理不便，需要实地了解时，切不能打折扣。一定要挤出时间勤于动步深入家庭实地察访，获得第一手有价值的信息。家访前，要充分做好家访准备。一是要预约家长，让学生家长有思想准备，安排交流时间。二是准备交流内容，特别是准备被访学生在学校各方面表现的情况。必要时，可以带上学生的作业，活动资料等反映学生在校情况的资料。家访中，要勤于观察，敏锐感知学生家庭的生活习惯、家庭成员的文化修养、家长言语中透露出的教育期望值；要勤于笔记，写好家访记录。既体现对家长的重视，又收获富有价值的教育信息。家访后，要勤于沟通。整理好家访记录后，要与科任教师及时沟通交流，反馈家长期望、意见、建议和困惑，分析研究后期教育策略。

三是勤收获，让体验变成共享的果实。视家访为己任，责任就会转化为动力。对家访的理念认识、对目的意义的理解就会随之而提升到一个新的高度。新时期里对于家访的认识，就不再视之为负担或者无可奈何的任务。相反，对于一位有思想的教师，家访或将就变成为一种职业体验、变成一种工作中的享受、变成播下勤奋种子收获甘甜果实的教育试验田。

很多热爱家访的同人，把自己的家访心得写下来，不仅编织不少智慧故事，更重要的是，成就和改变了多少莘莘学子。在李镇西、窦桂梅、桂贤娣、闫学等名师、名校长的成长经历中，我们无不能分享到他们在家访故事中的智慧果实。正是在这些智慧之果的分享中，我们身边许许多多同人也尝到家访工作的甜头，体验到家访工作的教育学意义，在反思提升中快速发展着自身的专业水平能力。

学校方面，要做到一个导字。客观地讲，相比之下，当下的中小学教师依然属于低收入人群。然而受职业责任的影响，尽管部分教师可能愿意在教书育人方面承担一定的经济付出，但毕竟个人的力量是有限的，对于应付一个班级四五十名学生的家访支出或许只是杯水车薪，这不是权宜之计。如要根本解决家访费用问题，形成鼓励家访的长效机制，还需要教育主管部门联合财政部门，因地制宜拨付专门经费予以持续的财政支持。这部分经费勿需额外增加，可以从现有的人头经费中列支。

学校方面，有条件的学校可以采取多种形式为家访大开绿灯。也可以实行以奖代补形式，给予积极家访、成效显著的活动予以适当奖励。其奖励资金可纳入教研成果奖，从奖励性绩效工资中划拨，据实于学期末计算到相关的家访教师。当然，城市学校及一些学生分布相对集中的学校，也可以大力倡导绿色出行方式家访。时间允许的话，步行、骑自行车、坐公交车等，既锻炼了身体，又收获了家访，不失为一举两得的好事情，想必也是能够得到大多数教师理解和支持的。

无论采取何种形式的出行办法，重要的是主管部门、学校领导给予正确的领导、合理的督导和科学的引导。领导得好，一呼百应，好举措在理解中汇集动力；督导得好，好传统在坚持中得以传承；引导得好，全体动员，且思且行，且行且思，必将给后来者留下多少美丽动人的家访好故事。

互联网时代，家访究竟还有多少"剩余价值"，要不要事事都家访、人人都家访，我认为，任何事物都要辩证地看，批判的采纳。总之一条，家访应本着了解问题，分析问题，解决问题的原则。反对某些地方的主管部门和学校的一刀切的硬性要求，那样的家访表面上好看，最终是低效徒劳的。

当然，我们也不能完全否定电话访、网络访等带来的方便、快捷、高效。一些学校能因势利导灵活变通，采取普访、联访、特访相结合的办法进行，既能照顾全面，又能突出重点，不是走过场，而是求真务实，也值得肯定。

"我们"的角度

前不久，一则《罚站学生几分钟教师被关7小时》的新闻在网上引发热议。当事双方孰是孰非已有定论。事件虽已平息，但留给教育工作者和家长的反思并没有停止。我认为，至少有三个问题需要从"我们"的角度去思考。

"我们"的共同目标是什么

家长把孩子送到学校，是为了学知识、习文化、长才干，为孩子未来打下坚实基础。谁能帮助孩子实现这样的教育目标？当然是老师的传道，授业，解惑。家长既然有求于老师，又怎么会视老师为敌人而大打出手呢？同样的道理，对于教师而言，我们希望学生一个也不能少，学好知识、考出好成绩、培养健全人格，让他们在人生路上走得更远，这样美好的教育目标单靠教师一方的孤军奋战显然不能做到。学校教育需要家庭教育的大力支持与配合，二者是不可替代的互补关系。既然家长与教师双方的教育目标有不小的交集，那么家校双方就是一根绳上的蚂蚱。家长和教师就形成了一个"我们"目标共同体，都应该为实现同一个教育目标而努力。

"我们"的教育方法适合吗

从理论上讲，家长和教师都希望找到一个适合孩子的快速、高效成长的最佳教育方法。而在实际操作中，教师和家长各自为政，学生夹在中间左右为难。就拿本案例来说，一个小学生因迟到受到教师的责罚，她不是静静地感到羞愧、暗暗发奋改正而是立马打电话告诉家长，这背后难道没有家长的平日里教育方法给力吗？家长接到电话后所做的出格事足以说明这一点教育事实是存在的。当然教师的教育方法也是值得认真思考。学生迟到罚站虽不是什么大的违规问题，但试问一点，罚站是适合所有孩子的教育办法吗？所谓因材施教、以人为本、尊重学生，教师是否作过深层次学习、理解和尝试？家长和教师的教育方法出现严重分歧，激发矛盾，难道不值得"我们"去反思？

"我们"的教育合力如何形成

厘清了前面两个问题，家校合作的必要性和重要性就不言而喻了。怎样才能形成最大的教育合力？如何打造一个"我们"教育目标共同体？深圳中央教育科学研究所南山附属学校王怀玉老师告诉我们，要在家庭教育和学校教育之间建设一座沟通的桥梁。通过家长和教师的真诚对话与交流，引导学生、家长、班级集体的共同成长，这座桥梁的名字就叫家校沟通。良好的家校沟通须从以下三方面尝试。

一是在教育观念上达成共识。学校和家庭都要把教育的效果看得远些、再远些。学科教师，尤其是班主任要及时主动与家长沟通，倾听家长内心的真实声音，先期知晓家长对孩子成长的想法和看法。如果家长存在与自己教育观念不尽一致的地方，可以尝试与家长交心谈心，尽力争取家长的理解和认同。对于少数自以为是、固守己见的家长，可以智慧地让学生先接受进步思想，然后通过学生去反过来教育，争取家长理解。

二是在教育方法上达成统一。教育效果最大化取决于家校合力最大化。为争取家长方面的教育力量，班主任不能图简单，更不能坐等观看，要有磨刀不误砍柴工的远见卓识，主动寻求机会"示爱"于家长，要把自己认为最适合孩子成长的方法分享给家长，耐心真诚地倾听家长为孩子所思所想及所作所为。因势利导、及时调整或矫正"我们"的教育方法。尤其是对于分歧点的处理，要以心换心、真诚与家长达成约定：家长不当着孩子的面说学校的坏话，教师不当着孩子的面批评家长的不对。事实证明，相互指责的家校教育是失败的教育，任何一方的"拧反螺丝"教育，必然导致效果打折，甚至前功尽弃。

除此之外，教师尤其是班主任要加强教师专业理论知识学习，提升专业水平能力，改进教育教学的方式方法。要充分认识信息时代带给人们尤其是青少年学生的新变化，要与时俱进选用信息时代的办法，实施"接地气"的教育。对于少数家长给孩子成长目标的低要求，一方面要接受并允许这样的情况存在，另一方面要尽自己教书育人的"一厘米主权"，不歧视、不打击、不放弃，多措并举为学生终身成长奠基。

家校沟通是通向教育目标必经的通道，家校沟通能将家庭和学校有效融合为一个目标共同体，有了"我们"这个共同体，也就有了共通、共容和共同目标达成的基础。

替身父母

最近，国务院出台的《关于加强农村留守儿童关爱保护工作的意见》提出：从源头上逐步减少儿童留守现象，强化家庭监护主体责任，明确不满十六周岁的儿童不得脱离监护单独居住生活。无疑，《意见》再次刺痛那一波正待外出打工的年轻父母一族的神经。他们是否愿意留下来？孩子们能不能留住自己的爸爸？诸多疑问让一些"替身父母"难以释怀。

去年秋季开学不久，学校组织召开留守儿童帮扶工作专题会。会上，学校传达了精准扶贫工作精神。按照上级要求，政教处给每一位科任教师分配了一名帮扶对象。要求每一名教师与一名留守学生结成帮扶对子，从学习上、生活上、心理上等方面进行一对一帮扶。

我的帮扶对象是八（1）班小君。这个小女孩，与别的留守孩子一样，平日里很少言语。唯一感觉不同的是，这孩子爱笑，一脸清秀样，很讨人喜欢。记得当初为她们上第一节课时，我跟往常接手新班一样，让大家自我介绍加深印象，我也顺便解读一下每一个人的名字，给生物学课堂增添一些乐子。

轮到小君时，她轻声细语地对大家说："我叫黄君，来自……"

"啊？皇军？"我笑着追问。

"是的，黄君，君臣的'君'"她一字一句地再次告诉我。

"黄君好，皇军大大的好！"我一边笑着说，一边做出拱手状。一时间，同学们大笑起来，她也开心的笑起来。就这样，我们开开心心的进入了那天的课堂。

这么可爱的孩子，怎么可以成为留守孩子呢？我趁一次值周的机会，午休时把她叫出教室，把学校安排我帮扶留守学生的事儿告诉她。她依旧是笑，甜甜地笑。得知她父母送她上学后刚外出打工，自己和爷爷奶奶在一起。我一边问她学习生活有什么困难，随手拿出50元钱递给她。十二三岁的农村孩子已经具备基本的礼节，再三推辞不要。直到我说以后我就把你当成自己的孩子了，有什么困难一定得跟张老师说，她这才勉勉强强的放开攥紧的拳头。

"爸爸去哪了？"在走廊里，当我问出几个字儿时，她忽然又是一声笑，我也为自己的简短问法，跟着笑了起来。在我们彼此心里都知道，笑的是最近颇受关注的那个"爸爸去哪了"综艺节目。一阵笑声过后，她认真地告诉我，父母都去了福建，说是每月能挣三千多块钱呢。

"想不想爸爸妈妈在身边啊？"我拿着这个不该成问题的问题试探着问她，"当然——想啊！"小君露出了一脸的无奈。

"为什么不劝爸爸妈妈就在我们镇上上班？"因为心里一直没有忘记"政府的嘱托"，我试着让小君说服父母返乡就业。

"可是，爸爸妈妈说镇上上班每月还挣不到两千块，只顾得了一家人吃喝！"小君无助地告诉我。从小君的话中我知道，为劝说爸爸妈妈不要外出她曾做出过努力。

"在镇上上班工资是低一点，但是可以和你、和爷爷奶奶，天天在一起啊！一家人在一起，就叫做天伦之乐，你知道吗？"我知道，我必须在思想上首先与小君站到同一边，对她来说或许就有了一个坚强的后盾呢？

听我这么一说，小君脸色阴沉下来，似乎又增添了一丝对父母的期盼之情。接着，我让她一定抽出时间给爸爸妈妈好好谈谈自己的想法。

"尽量劝说家长返乡就业。"我先让小君回教室午休。一个人坐在办公室里，政府部门领导的那句话又在我的耳边萦绕。于是，我翻开了小君爸爸的电话，鼓起勇气给小君爸爸发去了短信：

小君爸爸、小君妈妈：你们好！常年在外，奔波劳碌，你们辛苦了。小君在我班上，学习生活都有老师和同学关照，请你们放心！我会让她定期给你们电话，分享她在学校、在家里的点点滴滴。

只不过遗憾的是，你们不能亲眼看见她是怎么长大的，不能亲身感受她的童年有过哪些酸甜苦辣。或许有一天，你们挣得了足够的财富，但是在她的人生中可能有一段永远空白的记忆，那就是怎么也找不到你们仨在一起的身影。"爸爸去哪了""妈妈去哪了"这个问题，或许成为她一生中的痛，更成为你们一生的痛。请务必三思！！！

或许是正忙，或许是别的无可奉告的原因，晚上，才收到小君爸爸的回复："谢谢老师！"看罢短信，简单的四个字再次告诉我——我们眼前的努力都是徒劳的。我何尝不理解他们呢？谁人内心没有自己的"小九九"，谁人没有自己的人生梦呢？尽管是城市梦、发财梦、明星梦，汇集起来都是事业梦、中国梦啊！

我已很清楚，我没有办法改变小君家庭的经济现状，我更无力改变国家的宏观调控政策。空谈误国，实干兴邦。作为小君的科任老师，眼前我们唯有能做的就是当好"替身父母"，做好矫正、引导、关爱工作。尽管这几个词儿，听起来总是觉得那么苍白和无力。

一是矫正留守孩子可能扭曲的心理。留守儿童的根本问题就是心理问题。教师要做好学生的心理辅导，成为他们的知心朋友。充分了解他们，正确引导他们，给他们更多的心灵关怀。帮助树立理想，建立学习目标，激发学习动机。

二是引导留守孩子正确认识人生。告诉他们，每一个人都有一种责任，包括对自己、对家庭、对社会。引导他们理解父母外出打工的艰辛，珍惜眼前难得的学习机会。只有尽到对自己、对家庭的这份责任，才可能尽到对社会的责任。赏识发掘留守孩子的优点，激励他们吃苦耐劳、自立自强，鼓励他们倾诉沟通，释放精神负能量。

三是走进留守孩子的学习和生活。积极走进他们生活，做好"替身父母"，弥补他们和父母之间的情感空白。积极投身政府部门的关爱流失儿童行动中，走访，探望，共处。从学习到生活，从校内到校外，都要参与到他们中，让他们不再感到孤独，不再感到父母不在身边。

做了一回"替身父母"，让我明确了一个问题——留守学生教育问题看似是某一些家庭的问题，而事实上可能演变为当下乃至一个时期内突出的社会问题。而我们当下所做的努力，就是在消除社会问题。

我又想起了那句广告词：每一个人前进一小步，我们的社会就会前进一大步。此时此刻，小君还好吧。想必，小君的爸爸妈妈返乡了吧。

第五辑　生活

诚信不过期

过年前收到一张 30 元稿费单。因为数量不够可观，老婆接过去顺手放在书柜一隅。过完年一开学，又相继收到几张稍微可观一点的稿费单，引起了老婆的"高度重视"，突然间想起那张不可观的稿费单来。

当她一边从书柜里拿出来，一边拼到一块儿念叨说哪天有空去邮局取出时，突然发现这张 30 元小票票的有效期限已过半月之久。"你当时怎么不看一下有效期限？"坐在沙发上的我随口嘀咕一句，"哈哈，就是，当时没注意这个！"小有遗憾的老婆，一边自我打趣，一边顺手把一叠汇单暂时放进手提包里。

那天周六，上午，我们夫妻俩约好去医院看望正在住院的老父亲。考虑去医院与去邮局顺道，老婆一边准备东西，一边提醒我快些填写好汇单，顺便把那稿费取了。

我们俩匆忙来到邮局。随着电脑叫号，我来到柜台前，递过手里的身份证及汇单，等待服务员一张一张的，解码，验单。就在等候办理的几分钟时间，从业务熟练程度上，我发现为我办理业务的服务员是一名刚来的实习生小妹。她就像我现在班级里的那些孩子们。教师职业敏感让我顿生几分怜惜，不催，不急，坐在对面，只是静静地等候。

到底有多少稿费呢？递过去之前还真忘了清点。嗯，想起来了，印象中记得有两张100元的，一张110元的。办理完毕，可当我从服务员手中接过钞票点数时，总觉得手中的钱数不太对劲。

"好像多出来30元了？"从邮局走出来，在去往医院的路上，我对老婆提出了疑问。啊？老婆突然一脸惊色。原来，她把那一张过期的30元汇单也夹在其中。

"咋办呢？过期了的汇单就表明汇款方已经索回失效了！"老婆提醒我，"上次那一张来自北京的单子，就是因为没太在意有效期限被索回了，至今还放那儿作着纪念哩。"

"是啊，服务员给兑付了，不是意味着她自己要为此倒贴钱吗？"我也生出一份担心。说着说着，老婆停下脚步催着要我赶快回去把多出来的30元退给服务员。

"算了吧？30块钱没多大的事。再说，这倒回去，邮局里那么多人还在排队，又得耽误多长时间，都快到中午了，怎么去看病人？"老婆看出我有些嫌麻烦。

"做人怎么能不讲诚信呢？想别人怎么对待你，你就得怎么对待别人！"老婆坚持着，没办法，我只好匆匆返了回去。

服务员小妹见我风尘仆仆回来，好奇地急忙凑过身子来："帐弄错了吗？"当我一五一十地说完事情缘由时，一脸诧异的服务员小妹这才一块石头落了地。连忙又拿出那一叠汇单来一张一张仔细查看，几位服务员也凑了上来帮忙过目。经过大伙儿几双眼睛查验，这一次，她们肯定地告诉我，时间虽然过期，但是汇款确实还没有被收回，所以，这是能够取兑的。

"啊？还没有过期？这上面不是超过半月了吗？"我之前那稍微紧绷

的神经一下子松了下来。

"没有，没有，因为您讲诚信，那边就宽限了几天啊，哈哈哈！"几位服务员望着我，连连为我返回去退钱的事儿伸出大拇指夸赞，还说着什么"当今社会还是好人多"之类的恭维话。我呢，在她们一片的笑声中放心地离开邮局大厅。

"诚信，不过期！"那个服务员的话仿佛萦绕在耳际。一路走过，踩着落花，顶着花影，我心里也粲然开出了小花。

当我快步来到医院，和老婆讲完事情原委时，老婆好似偶获一件至尊至贵的宝贝似的，漂亮的脸上更添了几分灿烂，满怀欣喜地对我伸出大拇指："好样的，我的老公！""哈哈哈"面对老婆的夸赞，夫妻俩会心地笑了，手掌重重地击在一起。

迟到的感恩

一

　　人过四十，渐生怀旧之情。尤其会感恩生命中那些贵人。作为一个地地道道农村家庭走出的人民教师，我虽算不上什么成功人士，但事实和良心告诉我，自己应是"读书改变命运"的一个。

　　"长大后我就成了你……"坐在电脑前，听着常听不厌的一首歌。每当这首歌在耳旁响起时，恩师们的一张张音容笑貌就会历历在目。恩师啊，你们都还好吗？未曾想到，担心的事儿真的到来。昨日，偶从同学群中获悉恩师叶明松去逝，噩耗传来犹如晴天霹雳，一时间让我哑然凝噎，双眼渐渐模糊起来，脑海中关于叶老的音容笑貌一页一页地翻开。

　　叶老是我初中时段，准确的地说是初二到初三年级的语文老师。在我的生命历程里，如果没有叶老师的出现，我可能就与教师职业无缘，也就没有今天这般幸福的我。

那年我从村小毕业，刚满 11 岁的我，作为全乡一百多人中少有的 3 名优秀学生之一，考入了区重点初中。按理说，我到了一个好的学习环境，可是，由于年幼，自控力，独立生活能力都不够成熟，两年期间，学业成绩几次被亮出红灯。不会打理生话，学习渐渐失去信心，眼看着掉队越来越远。无奈之下，只好跟父母提出转学，回到乡完全小学自办的初中"帽子班"留级续读。当时愿意接纳我的班主任兼语文老师就是叶明松老师。

叶老师是读过师塾的学究型老师，据说是被打成右派下放到农村学校来的。叶老师不仅语文课功底扎实，还写得一手漂亮的硬笔字。每次分析课文时，叶老师都会把文章中的段落大意，中心思想等等要点知识，工工整整地板书到黑板上。那时候的语文课，对我来说，除了欣赏课文之外，还有另外一种享受就是欣赏叶老师的字。

那些年的课堂似乎没有今天这般追求"高效"。很多时候，我会一边记着笔记，一边暗暗模仿叶老师的字。不知咋的，总觉得一些特殊字，自己怎么写都不觉好看，但是叶老师能将每个字的主笔进行变化，或长或短，或直或曲，变化后的字就神奇般的好看很多。每每在练习中，见我们写出的一个个结构不够匀称，上下不够平衡的字，叶老师就会分享一些写字窍门，比如，他说"要得安字好，必须脑壳小。"就是告诉我们，安字要写出来好看，上面的宝盖头必须比下面的女字小些。就是在他的熏陶下，感觉自己后来对写字有了浓厚的兴趣，作业啊，作文啊，写书信什么的，都会有意无意地模仿叶老师的字。可以说，我今天的写字功底，很大程度上就是受到叶老师的熏陶。

作为一名理科教师，我不知道当下的语文课具体是怎么上的。但听说改革了不少，尤其是语法学习淡出了语文课堂。不知道自己是否有些杞人忧天，总感觉学语文不学语法是一种遗憾。我不敢妄说自己语言文字功底有多深，但我敢说自己今天写文章能做到语句通顺，不出现语法错误。这些基本功都是叶老师传授的。

回想起读初中那些年，学语文，除了分析归纳段落大意和中心思想外，还有一个重要的任务就是分析语法。比如在一篇有代表性的课文中，叶老师要特意引导我们分析其中的一些词组，句子成分，单句，复句的用法。那时候，语法学习似乎很受重视。大大小小的语文考试中，语法检测占有相当大的比重。不仅如此，上级主管部门，学校还会开展一些语法知识竞赛。也不知是否生来就对文字敏感，还是出于别的什么力量，我对语法学习似乎得心应手。感觉自个没有刻意花时间和精力去专门学语法，可每次语法方面的作业都会漂亮地得一个"优"。后来才悟到这份力量，其实就是亲其师，信其道产生的兴趣使然。

叶老师说话幽默，好几次说我是他的得意门生，以至于每遇大型语文竞赛，叶老师安排的选手就少不了我。也真怪，每次比赛下来，我还真的就拿回一个一、二等奖。我想，这或许就是叶老师的"严师出高徒"吧。这份鼓励，对我影响很大。后来的我，渐渐对舞文弄墨产生兴趣，这就是缘于叶老师当年给了我足够的信心。

叶老师教作文也有他的独特办法，独特之处不在别的，而在于写得少，但写得精。记得那时候每两周才有一次作文。不过，每次作文都不是那么容易交差。记叙文，说明文，议论文，每一种文体的写作，每一篇文章的写作，叶老师似乎都有几大规定动作：分析题目，阅读范文，撰写提纲，搜集素材，形成篇章。每次作文课都是连排，第一节课，由他命题，分析讲解，如何抓题眼，如何构思，如何选材。讲着讲着，他见我们还是一副为难的表情，叶老师就会拿出准备好的范文来，让全班依葫芦画瓢，一起品味找感觉。后来才知道，范文是叶老师自己事先写的。撰写提纲，搜集素材，形成篇章，这几个步骤当然要我们自己完成。每个人撰写好提纲后，必须先拿给他看。如果结构不合理，他会一起分析，打回来修改。只有框架形成以后，才让我们去写，先在草稿本上写。

等我们修修补补弄完以后，然后才准许在作文本上誊正。

这样一次作文是很费神的。当然，写出来的文字是珍贵的。所以，每有写的好文章，叶老师都会挑选一两篇，在下次作文课前读给大家听。分享完毕，还会说上一些令大家心动不已的话。就是这样的分享，让好多人有了写作文的自信。一学期下来，每个人的作文本都不舍得丢。可以说，我今天的写作兴趣、写作水平乃至咬文嚼字、钻牛角尖的写作态度，都源于那时候叶老师的一点一滴要求。

二

可惜，命运有时候会跟人开玩笑。就在我初三上学期快结束、向着考中专跳农门冲刺时，偶有一天放学回家，突然间全身奇痒无比。痒得我又是抓，又是挠的，瞬间脸也被挠红了，双脚也被抓破了皮。听大人们说，这是沾了生漆的过敏症。这时候，一邻居告诉我用洗衣粉水洗可以止痒。于是赶忙找来洗衣粉，为尽快止痒，兑水时还犹为多放了些。我快速将最痒的双脚放在洗衣粉水里浸泡，很快，痒真的被止住了。可是没过多大工夫，感觉双脚被抓破皮的部位有些隐隐作痛。没想到，夜里越来越疼，到第二天早晨才发现，双脚已肿了，肿成了两个发面包子，有的部位开始起泡。这下，可慌了父母，一边埋怨邻居出的馊主意，一边请来赤脚医生看诊。又是打消炎针，又是敷草药。

怎么办？脚肿了，鞋不能穿了，学校还在翻山越岭十多里的镇上。30多前的农村，既没有公路，也没有任何代步的交通工具。学是上不成了，只好待在家里养伤。可这一拖就是两个星期。两个星期，尤其是在赶新课的时候，意味着语文，数学等各科的学习内容已掉课几个单元。

《曹刿论战》中有个成语叫"一鼓作气"，作战如此，念书求学也是这样。两个星期的误课，让本来一鼓作气的我，渐渐生出"再而衰"的感觉，我有了一些担心——我担心我的冠军宝座不保了，我担心叶老师吹捧的"他是中专生的料"一说会泡汤让众人耻笑……总之那时，我选择了逃避，作出了一个令所有人"惊天动地"的决定：退学。

要知道，在我们这个望子成龙家庭，无端说出退学二字是需要胆量和勇气的，不仅是父母这关通不过，就连家族里在外吃着皇粮的伯伯和叔叔们那一关也会通不过的。考虑再三，去意已决。为防说客上门，毅然立下门槛，夸下海口：宁愿砍柴，挑粪，种地也不愿上学了，打死我也不上学了！话说到这步，父母亲除了伤心失望偷偷流眼泪，还能做什么呢？坡上坎下的亲戚朋友，除了遗憾叹息，也没能想出劝学的法子。至今令我抱歉的是，不肯相信我退学事实的叶老师，那几天还硬着头皮上门劝过学，都被我当时的冷眼和海口拒绝了。现在想起来，自己是多么的无知和无礼啊！

就这样，那一年我辍学了，叶老师心目中一个有希望的学生竟然辍学了。

时间很快过去两年。两年里，我挖田，锄草，犁田，耙地，播种，插秧，小工，学无线电修理……经历了无数的酸田苦辣以后，两年前那个"斗狠"的我内心开始动摇。正在这时，时不时又有"好事者"似乎故意撩拨我的心弦，说东家的孩子谁谁考上了某某大学，说西家的孩子谁谁又被某某学院录取了……终于，我的坚守不上学的防线垮了！1987年冬季的某一天，沉睡两年的我苏醒了，我从内心深处发出了呼喊：我要复读，我要回校读书！

好在我出生在一个民主自由的家庭。一听说我又要去学校念书，全家上上下下，左左右右，又是准备学习用品，又是帮忙联系学校。终于，父亲在县城一所学校托人帮忙办好插班手续。没想到，这位帮忙给校方极力推荐我的人就是刚从我们乡镇调回县城的叶老师。

插班，读重点高中，考大学，虽然后来的求学之路依然坎坎坷坷，但走过这一段"曲线救国"之路后，我开始珍惜人生，慢慢懂得坚持二字的真正内涵。而这一次又一次给我机会，让我开悟的人就是叶老师。

远离家乡只身来到异地，一眨眼已是 25 个年头。二十多年里，照理说有多少机会和理由与恩师们聚聚，可叹自己没能做到，一切借口都已站不住脚，只怨灵魂深处的那个"小"。

现如今，叶老已离我而去，我只能以此文字告慰叶老在天之灵：恩师在上，请原谅学生这一句迟到的感恩。我要向您道出埋藏在心底 30 多年的心里话，是您让我懂得什么叫灯塔，什么叫摆渡人，什么叫人梯，是您改变了我的人生，是您给了我今天教书育人的这份自信。我知道，践行教育的慢艺术，做起来很难。但是从我的身上，我看到了希望，我要做一个守望者，耐心地，静静地，等待每一朵花儿自然开放。

各凭各的心

松树菌上市了。老婆念叨说，买点松树菌炖腊肉吧。

待我满怀希望下厨择菜时，左翻右翻，就是找不到松树菌。

"松树菌太贵了，稍好的，要 30 元 1 斤！"老婆说。

第二天，路过菜市场。老远看见满街的松树菌。

"大姐，松树菌怎么卖？"

"15 元 1 斤！"咦！昨天老婆不是说 30 元 1 斤吗？难道降了？

"买点儿？"没有等我说要，她就把面前的一小盆儿，放在了她的秤盘上开始称起来。

"新鲜不新鲜哦？"

"你看，你看，这还不新鲜啊？"大姐一边称秤，一边麻利地把上层的预先摆好的一个一个的、外观完好的松树菌拿给我看。还没等我表态，她已经把秤称好了："来，看秤，20 元零五毛，就给 20 元吧。"

20 元就 20 元吧。买菜不还价，这是男人的习惯。我常对老婆说，那些卖菜的人也不容易。比如说，一把白菜，一块钱，他能赚多少钱呢？老婆却反驳我说："嗯，你倒好！那些卖菜的人就是抓住你们男人们的这种心理坑人的。"

回了家，老婆见我手中提的松树菌："嘿，舍得买啊，多少钱1斤？"

我说："15元，便宜了吧。"老婆一脸鬼样子，急忙打开塑料袋一看，嘻嘻讥笑着说，"15元？那是最差的一种，憨子！一般人都不会要的。"接着又补充一句，"那个卖菜的，一定很感激你吧！"

和平时一样，老婆的刺儿话我不觉得扎。心想，怎么就是最差的呢？这还不是一个一个的啊？可是，等我做饭择菜时才发现，那倒在洗菜池里的松树菌，确实不令人满意——大都是缺胳膊少腿的碎块不说，还有好几个，或许是发水后没卖完的，已经开始发霉了。只有那个买菜大姐递给我看的那些，摆在盆子面上的几个是完好的、略微新鲜些。

这些生意人，也太不诚信了吧？你骗得了顾客这一次，那么下次呢？下次还有人来吗？虽然只花了20元钱，我心里总还是感觉不舒服。想起老婆之前那个话，我越发感觉不是滋味。

还有什么好说的呢？悄悄地，我三下两下把这些"难堪的"松树菌洗完，拣大块儿的，光亮些的，好好歹歹一锅炖了下去。

其实，现实中这样的小把戏多着呢，好几次，割肉时，明明看见眼前摆着的是瘦肉，可割回家打开一看全是"白肉"，瘦肉到哪儿去了？原来，瘦肉只是卖肉者割成的一层"纸肉"，它只是充当了"泡泡肉"的一个"面膜"。

吃着眼前的松树菌，老婆似乎还有些愤愤然："把我当傻子，下次去买菜时，我好好的去说道说道她！"当然，这是气头上的话。谁会为了这点小事生气让自己再受惩罚呢？又想起小时候母亲教育我们的一句话：宁可人负我，不可我负人。各凭各的心吧。

红薯稀饭

今年暑假，一家人相约回到阔别已久的老家。抑或是故地重游、触景生情的缘故吧，跋涉在故乡的小道上，一首歌谣萦绕在我的耳际："上干塝一听，喝得呼呼声，一吹一个洞，一喝一条槽，走进前一看，稀饭煮红苕。"这是对老家常年吃红苕稀饭的生活写照。

干塝上，是老家的小地名，因为那些年代这里严重缺水而得名。我上小学的那阵子，农村还在搞合作社，那里的水田少得可怜，人均不到两分地。加上地里缺肥，品质落后，一大家人忙活一年到头，只能盼望收获一家人的"过年米"，还得靠老天爷恩赐，风调雨顺。

因为米少，每家吃起饭来就不敢大方。逢年过节，来人来客的，总得计划着吃。春夏时日，为了哄哄伢们多吃红苕，大人们常常把红苕放到稀饭里煮，其实八九成都是红苕，白米只是放到里面做引子的。一来调调味，毕竟添加别的东西进去味道不一样；二来哄哄眼，给伢们增添几分食欲。

秋冬季节，天气变冷，红薯稀饭不经饿，红苕、玉米自然成了一家

181

人的主粮。红苕忒甜、玉米太糙，时间长了，孩子们特想吃白米饭。大人们没了办法，只能用个小钵儿，在烘红苕时搭到上面蒸一碗汽水饭，大人一块儿，娃娃一块儿，分来掺着红苕吃。那些年代，大人娃娃吃白米饭犹如打牙祭，天天顿顿吃上白米饭更是做梦都盼望的事儿。

改革开放以后，农村实行土地承包责任制，我们家也分得了一亩半水田。政府拨来专款，村上发动全村老老少少寻求水源，修大堰，挖沟渠，兴修农田水利。为让孩子们餐餐吃上白米饭，父亲发动全家人，因水制宜，旱地改水田。乡里农技站又推行品种改良，送来了高产优质稻，一年种三季，早中晚一季也不空。

如今，老家的乡亲们家家户户囤满了吃不完的陈粮，多余的还卖给国家，喂猪喂鸡喂鸭，大办养殖业，全家人再也不为没白米饭吃犯愁了。刚到亲戚家里，大姑、二姨们当然要弄最好的给"城里人"吃，都被我一一婉拒，特地要求煮红苕稀饭吃。

桌子上，我和妻还在慢慢回味时，女儿已准备添第二碗了。没想到，昔日里我我们这辈人上顿下顿吃厌了的红苕稀饭，今日里却成了女儿的"牙祭"。

捡来的小狗

那天，王小晗在下班回家的路上偶遇一只小狗。

她环顾四周，没有发现近旁有小狗主人的踪迹。她猜想，这一定是一只流浪狗。"早想要一只狗了！"带着意外的惊喜，王小晗大大方方地把小狗带回到自己家里。

"过来，过来，小狗狗，让我抱抱！"王小晗坐在沙发上，一边抚摸着小狗，一边正庆幸捡了一只没人要的小狗。无意间，她才发现在小狗的项圈上，有一个一个的小牌子，上面写着主人的名字和联系方式。

怎么办，要不要通知小狗的主人把它领回去？可，这明明是我半路捡来的啊！

"呜，呜，呜"正当王小晗犹豫不决时，小狗哼哼唧唧地，连连舔着她的手，似在摇尾乞怜主人把它留下。一向喜欢小狗的王小晗，看着眼前的小狗愈发觉得可爱。于是，她打定主意：留下来自己养着。

打那以后，王小晗每天出门就想着给小狗买好吃的，回家的第一件事，就是给小狗喂这喂那，逗小狗玩耍。可是有一天下班回来，王小晗突然发现小狗没了前几天的那股子欢快劲儿，怏怏地，呆在那里，一动不动。"小狗一定是生病了！"她二话没说，连忙抱着小狗就直奔宠物医院跑。

在王小晗的精心护理下，小狗很快康复。看着眼前又活跃起来的小狗，王小晗舒缓了一口气，越发怜爱喜欢上这只小狗，几乎就把这小家伙当成自己亲密的伙伴儿。

可是，好景不长。那天，王小晗刚回家，电话响了，对方称自己是小狗的主人李锋，说自己找得好苦，好不容易通过调取路边监控，发现小狗是被王小晗带走的。经多方寻找打听，终于找到王小晗的联系方式。不容分说，电话里，小狗的主人，当即要求王小晗在家等着，他要带小狗回家。

"哪有这么简单！"面对着小狗的主人，王小晗说："小狗是我在路上捡回来的，凭什么要归还你？"可小狗的主人说："既然是捡回来的，你就应该交还给公安部门处理，何况小狗身上还有我的联系方式，怎么不及时通知我而占为己有呢？"

无奈之下，王小晗又提出要求："归还可以，但你得支付我这几天在小狗身上花的全部营养费、医疗费、护理费等等，总共3000元，少一个子儿都不行！"尽管她心里清楚，实际上她给小狗治疗和饲养也就花了大概1000来块，可谁叫你强行地要回小狗呢？

可小狗的主人李锋呢？当然一百个不乐意了。他认为，王小晗说的这费那费的，只不过都是个托辞，其实根本都不存在，分明是在敲他的竹杠。再说了，你王小晗不把小狗带回家占为己有，怎么可能出现那些费用呢？二人开始争执起来，你一言，我一语。情绪越来越激烈，话也越说越难听。双方争执不下，差点打了起来。最后，在邻居的劝说下，二人不得不来到法院。

法院里，二人各自述说了自己的理由。听完双方的陈述，法官立即有了结论。法官认为，根据物权法相关规定：拾得遗失物，应当返还权利人。拾得人应当及时通知权利人领取，或者送交公安等有关部门处理。

至于王小晗提出的 3000 元费用，法官认为，如果小狗的主人李锋有过悬赏寻找遗失物启示，领取遗失物时，李锋理应当按照承诺履行义务。如果小狗的主人李锋不曾有过悬赏寻物启事，而拾得人王小晗侵占遗失物的，则无权请求保管遗失物等支出的所有费用，也无权请求权利人李锋按照承诺履行义务。

最终，法院不支持王小晗的法庭要求。判决王小晗无条件将小狗归还失主李锋。

"捡的如买的，偷的如拐的。"这样的歪理邪说害死人啊！唉，你这只捡来的小狗啊，真是个烫手的山芋哟！

听了法官的宣判，又气又急的王小晗，顿时瘫软在地。

网络教研的力量

我们经常说要干好本职工作，那么，作为一名一线教师，其本职工作应该是什么呢？毋庸置疑，一线教师首要的是应做好备、教、批、辅、考、研等六大环节的工作。

遗憾的是，不少学校没有了"研"，或者说，失去了真正意义的"研"——虽在备、教、批、辅、考几个环节有过"研"的一*丝丝*"*蛛丝马迹*"，但是这种"研"是零散的，是应景的，终究没能形成系统的、方向性的研究。所以，"研"应该被单独提出来，作为一线教师教育教学的必修课。

一直以来，一线教师参与教育教学研究的途经还是很多的。从组织形式来看，传统的教研有，区域教研、校本教研、学科组教研、自我教研等等。随着信息技术的快速发展，运用网络平台开展跨区域、跨时空的教育教学研究，渐渐为广大一线教师打开一条快速成长的绿色通道。可以毫不隐晦的说，笔者就是在网络教研中成长起来的。

2007 年，我所在的学校相继为一线教师配置了办公电脑，校园网络

186

也很快被运用于教育教学中。一次偶然的网络浏览中，我进入了浙江的一位特级教师王国芳老师的新浪博客。顿时，被他博客中那些系统完整的板块内容所吸引。我能不能也来建一个自己的博客呢？就是那一次，一下子点燃了我的网络教研的"星星之火"。于是乎，我有样学样，快速申请了新浪博客后，我学着他的博客板块，取了博客名字，初步设计了个人简介、教学设计、教案学案、教学反思、读书一得、成长足迹等等。

框架搭起了，总得有像样儿的内容物吧？我思考着，一边上传手头已有的教育教学资料，一边着手收集撰写新的内容。渐渐地，我收集整理出一套完整的初中生物学教学设计系列、说课系列、导学案系列、单元试题系列等等。就这样，我的博客一天天变得"有血有肉"了。无论我走到哪里，都可以随时随地下载使用。

工作博客不仅方便了自己，还能"筑巢引凤"。博客建立以来，来自全国各地的同人们点击量达 20 多万人次，博客等级升至 15 级。尤其是，网友们路过之后，或留言、或评论、或转载、或互加好友，相互之间开始跨时空教育教学方面的交流，彼此会提出一些当前教育教学方面的看法和建议。

从那时起，我们彼此的教育视野似乎豁然开朗，也就是从那时起，浏览博客文章，撰写博客文字，成了我每日里的必修课。随着博客的逐步完善，随着博客文章含金量的增加，我的博客浏览量一天天加大，博客等级也一天天升起来。

建立个人工作博客，让我迈出了网络教研的第一步，也为我引领网络研修、促进教师专业成长播下了希望和成功的种子。

2010 年 3 月，我作为生物学科带头人有幸被安排到武汉市文华中学跟岗学习。一个月的学习期间，又有幸结识省内几位知名教师。在他们的推介下，我很快加入一些教育教学杂志的读编群。一个个教育写作读编群的加入，让我的思考与全国各地同人们接轨，让我能"面对面"地与编辑老师们交流当前的教育关注话题。在各大报刊的征稿话题引领下，我对课堂，对学科，对教育的思考更多了，改课课改的信心和勇气更足了，尝试教学创新的脚步更实了。

从此，我知道了什么是慕课、翻转课堂，学会了微课等多媒体技术教学。更重要的是，秉持教育良心的同时，我的教育良知被慢慢唤醒。因为教研视角一个个打开，我的教育写作素材领域一个个拓展，我的教研成果也一月月、一年年地开始收获。十年来，我在全国各大报刊发表的随笔、叙事、论文、评论等教育文章达230多篇。2014年9月，我荣幸被授予学科带头人、宜昌名师专业荣誉。2016年10月我的教育随笔专著《找到做教师的感觉》也由南京大学出版社公开出版发行。

是博客，是QQ群，是微信这些新时期的网络教学研究平台，让我的教学研究由"走出去"，到"请进来"，再到自己鼓起教学勇气、且思且行课堂的"静悄悄的革命"。是网络这些特殊平台，让自我教研变得真实可信，变得不矫揉造作，渐渐回归到集体教研的本真。没有了做秀的学校教研，才有了昔日里的那些"教书匠"正向着真正"教师"发生着蝶变。

是博客，是QQ群，是微信，是美篇，这些红叶做媒，让我幸运地结识了全国各地的教学名师和教育专家。苏州的朱永新教授、上海的常生龙老师、浙江的王国芳老师、深圳的熊芳芳老师、北京的李竹平老师、天津的吴奇老师、辽宁的陈兴杰老师、广东的武宏伟老师等等，他们是我的网络教研的引路人，也是我教育写作乃至立德树人的一支支醒目的标杆。

如果你想走得快，你就一个人走；如果你想走得远，你就跟大家一起走。作为网络教研的受益者，现如今，作为全市初中生物学名师工作室主持人，作为生物学科带头人，我又组建了工作室博客和工作室QQ群。关于报刊杂志征稿信息，我会及时上传到博客与全室成员共享，关于研修员们提出的共性的教学困惑，我们约定八小时以外时间，组织 QQ 群讲座，共同研讨。在我们"一班人"影响下，身边同人们也纷纷加入到网络教研中来，享受着网络教研、发展创新着网络教研。一个个更大的网络教研专业成长共同体创生，正在辐射引领着更多的有志于教育教学研究和读书写作的同人结伴前行。

新教师的三板斧

　　每一个进过学堂的人，脑海里总会对自己的老师留下一些美好记忆。有些记忆甚至是深刻铭心，影响一生。

　　我读初中时候的一位语文老师是一名年轻女老师，名叫王丽华。总把笑容挂在脸上、气质端庄的她，给我们上的第一堂课《竺可桢》就给我留下了深刻的印象。记得那一节课她是这样开头的：

　　上课铃响了，一位 20 岁刚出头的美女老师，穿着连衣裙，梳着一个高高的独辫，面带微笑，精神抖擞，神采飞扬地走进教室。只见她在讲台中央站稳，师生立正，相互问好后，她开始导入新课：在北海公园，常常有一位面容清瘦、精神矍铄的老人，早晨上班从北门进园，南门出去，下午下班从南门进园，北门出去。这位老人就是卓越的科学家竺可桢。一口流利的普通话，加之她漂亮的脸蛋，感觉是那么的甜美，那么的天生丽质。只感觉我们这群毛孩子们是云里雾里地进入课堂的。

　　在我的记忆深处，至今留下的仍然是一个清新，欢快，诗一般的美好画面。可以说就是这一堂课，改变了我学习语文的态度，尤其是激发了我学习语文的持续兴趣。从那以后，我真正开始欣赏，品读，享受着每一篇语文课文。

可以这样说，是王老师引领我走上了三尺讲台，是王老师带我走上了如今的读书、写作之路。

时过二十多年了，身为人师的我，总是难以忘怀王老师的第一节课。回想起来，我认为王老师抓住学生、打动学生、征服学生，靠的就是"三板斧"。

衣着讲究，是王老师的第一板斧。爱美之心，人皆有之。孩子们也是爱美的，在他们眼里，人也可貌相。衣着，是外表美的一方面，是良好教态中的第一要素。衣着，代表的是讲究，是责任，是尊重，是威信。试想，一个不修边幅的老师站在讲台的中央，纵然课讲得再好，也很难赢得学生的喝彩。为什么呢？貌相在学生心底里先行打了折扣。再回看王老师：穿着连衣裙，梳着一个高高的独辫。与学生年龄贴近的年龄，得体的服饰，无不显示出二十出头年轻女子的貌美与端庄，自然抓住了学生一颗爱美的心。

语言甜美，是王老师的第二板斧。良言一语三冬暖，恶语伤人六月寒。教师的生动语言，往往饱含着真情，表现出坦诚的拳拳之心，它会发出磁石一样的力量，扣动学生的心弦，引起学生的共鸣，使学生亲其师，信其言。普通话是校园语言，教学中使用普通话无不表现出教师的亲和力。我们常常有这样的感觉，当自己说普通话时，在学生面前"发不起火来！"意即如此。王老师一口流利普通话，加之漂亮的脸蛋，当然打动了学生的一颗爱美的心——让人感觉是那么的甜美，那么的天生丽质。

情绪高昂，是王老师的第三板斧。激情，是一种强烈的情感表现形式。激情，能调动身心的巨大潜力。泰戈尔说："激情，这是鼓满船帆的风。风有时会把船帆吹断，但没有风，帆船就不能航行。"教学激情，是课堂教学的生命。激情代表信心，外溢底气，彰显实力。作为教师，教学激情是教学中一种高度投入的工作状态。充沛的教学激情，让人文我合一，陶醉于教学内容的如痴如醉。王老师"面带微笑，精神抖擞，神采飞扬地走进教室，她在讲台中央站稳，师生立正，相互问好后，她开始导入新课。"她的导入语直接来自课文，虽没有作多大的修饰，但却因为激情调动了所有听众的神经，起兴，激趣，产生了莫大的语言效果。

我常常学着换位思考。回想起当年做学生的感受，我必须做王老师那样的老师。如今，我的每一次上课，总是不忘做好"三板斧"功课。有时候，哪怕是家庭闹了点矛盾，从不把烦躁不安的情绪写在脸上；哪怕是校领导那里受了批评，从不将愤懑转移在学生身上；哪怕是同事间发生点误会，也从不迁怒于周围其他人，包括我的学生。

"三板斧"只是好教态的几个方面。好教态是多方面的，除此之外，还有居中的位置、谦恭的姿态、得体的动作、富有技巧的幽默等等，都是抓住学生眼球、触动学生心弦的积极要素。

教育是一种克制的艺术。新教师要记住：无论心情好坏，无论工作多忙，无论年龄多大，每每接受一个新班时，都要做好"三板斧"的克制，把自己的形象气质调整到最佳状态。那时候，您的课堂收获的一定是别样的精彩。

那一次岗位设置

"张主任，我上个月工资怎么少了？"

"张主任，我们的教龄津贴怎么和小学老师不一样？"

"张主任，我退休了，怎么工资一下子少了那么多？"

"……"

作为单位的人事干部，我们经常会遇到同事们无休无止的类似问题。这些问题看似鸡毛蒜皮的小事，但是如果处理不好就会成一个单位的不稳定因素。

那天早上，我刚刚上班坐下来准备完成辖区内各学校第三轮岗位设置的一些报表。笃笃笃，只听见一阵紧促的脚步声由远及近，不一会儿，办公室走进来两位不速之客。两位老师怎么了，平日里说说笑笑好不得的，今天怎么满脸乌云？

招呼两位老师落座后，一打听，才知道他们是为本次岗位设置而来。原来，二位老师今年已经56岁，临近退休只差4年了。按照前两轮事业单位岗位设置文件精神，近三年退休者属于过渡岗人员，可直接聘任到同级职称的最高档。很显然，他们还差 4 年退休，不属于这类"过渡岗"人员，只能等待下一轮岗位设置的"过渡岗"机会了。

可是，本次全市岗位设置方案却出现了一点新变化——为了与国家、省两级人事部门的聘用期限一致，全市事业单位岗位设置方案将聘期由原来的 3 年改为了 4 年，而"过渡岗"人员身份依然是"近三年退休者可直接聘任到同级职称的最高档"的要求。这一改变聘期导致的结果很明显：差 4 年退休的人员，如果本次未能晋升到现职的最高档，他们在退休之前将不再有机会晋升到"同级最高档"了。

那么，"同级最低档"与"同级最高档"究竟是一个什么概念呢？一些研究过职称工资的"政策通"都知道，在全市现有工资水平条件下，一档工资的方方面面算下来达两百多元。这还只是显性差距，其隐性差距是，未能晋升还将影响下一次乃至以后的每一次晋升。

一边听着，一边解读文件。研究发现，二位老师反映的问题是的确存在的，他们的诉求也是合乎情理的，换作其他任何人也会认为政策似乎对自己不公。怎么办？政策是全市统一制定的，下级单位无力更改方案啊！做二位老教师的思想工作，争取他们的理解？可是，这事搁谁又能放得下呢？想来想去，我只能想到自己的一亩三分地——方面给二位老教师做着思想工作，争取他们对改革政策的理解和支持，一方面不忘人事干部服务的本职，积极把他们的诉求向上级主管部门汇报。

好在这一情况引起了相关部门的重视，最终将 4 年聘期改回三年聘期，遵照前二轮岗位设置方案执行。一场因为岗位设置引起的风波就此平息。

事情虽然圆满处理，但留给我们一事干部的思考远没有停止。一所学校的人事工作，说大不大，说小不小，我认为，群众利益无小事，只要是关乎教师个人的利益，都应该是学校领导和部门负责人应该处理好的大事。

作为单位人事政策的"信息员"，我们要有大局意识。凡是新的人事政策及方案的出台，要及时、全面、客观、公正地做好新政策的宣传解释工作，要让国家政策红利惠及单位的每一位职工。同时要加强信息收集和反馈，及时为上级主管部门提供决策依据。

作为人事工作的"执行员"，我们要有服务意识。凡事要学会换位思考，想群众之所想，急群众之所急，把各项工作做细做实，给群众一个明白，对于各种人事表格的填写，要不厌其烦组织培训，尽力避免不必要的损失。对待群众的来信来访，要热情服务，耐心倾听，百问不烦，百听不厌，及时沟通，把矛盾处理在萌芽状态。

作为人事改革的"调研员"，我们要有前瞻意识。对于一项新的人事政策的出台之前，要积极主动加强调研，把第一手情况摸细摸透，给主管部门建言献策，要站在全局的高度，立足当下，着眼长远，为上级决策提供准确客观的信息资源，确保新政策积极稳妥的过渡，推动国家和地方人事管理工作与时俱进。

看见了孩子

前些年，不喜欢读书评文字。也不知从哪里产生的一个幼稚可笑的想法：书，出版了，评与不评，评好评坏，都在那儿，终归还得自己去读才知道。但是，读过几位好友的书评文章后，我发现我错了，错得差点误了几多好的经典读物。

马克斯·范梅南的《教学机智——教育智慧的意蕴》就是一本其貌不扬的好书。说他其貌不扬，一是因为它的外观。无色彩粉饰，也无玩文字渲染。简装，白皮，恰好构成了它的"皇帝女儿不愁嫁"之大气；二是因为它的书名。"教学机智"讲什么呢？"机智"？我可是天生的愚笨、忠厚老实之人，最怕谈什么聪明、机智、圆滑之类的敏感词汇了。而且，还仅仅是单一教学方面的书，总感觉有些片面和乏味之嫌。

直到那天从快递员手中接过书急急忙忙翻开掠读了英文版序之后，我心中的疑虑完全被打消了。它完完全全不是我所想象的那般枯燥单调，而是提供了具体的教学情境中的理论指导和实践办法。正如序言所说，本书不只是用头脑而且是用心，更确切地说是用整个身心来表达，不是从理论上而是在实践中来讨论这样的问题。

一

什么时候需要教育机智？我为什么缺乏教育机智？教育机智培养起来是不是很难？这是我们一线教师担心、一直不愿意面对的问题。事实上这种担心是多余的。教育机智对于每一个家长和教师而言，做起来都不难。

范梅南先生告诫我们，教育机智主要体现在与孩子相处时的关心取向上。这个与其说是某种可观察到的行为表现，还不如说是一种主动建立起来的关系方式。

值得提醒得是，这种关心去向是真诚的，而不是虚假的。范梅南先生说：孩子们常常能够准确的分出"真正"与"假装"。那么，孩子们根据什么感知、分辨真与假的？我认为，他们是从教师或者家长的一贯如一的言行举止中分辨的，是从成人们的人格魅力中感知到的。

所以，作为一名教师，我们倒不必纠结于自己眼下教育机智的缺乏和不足。只要我们眼里有孩子，我们的行为是出于对孩子们的幸福真正的关心，教育机智或许就会自然而然地产生在一个个教育情境和教育现场中。眼下或者将来，真正需要我们做的其实很明白了：我们要从日常行为的一点一滴细节着眼，注重自身的人格魅力培养。身教重于言教，教育机智就可能在不言中自然而然发生。

二

既然教育机智体现在对孩子的关心取向上，教育机智就可以多种形式的表现。比如，克制，对孩子的体验的理解，尊重孩子的主体性，润物细无声，自信，临场天赋等等，都是教学中可以尝试的。

心里装有"孩子标准"。"有些时候，最好的行动就是不采取行动。"范梅南先生通过科妮莉亚逃课的事例分析指出：机智也包含一种敏感性，知道什么随其自然，什么该保持沉默，何时不介入，何时不注意什么。克制的一种特别之处在于忍耐，能够沉着平静的等待。耐心能够让教育者将孩子与其成长和学习所需要的时间协调起来。

对比东西方文化，范梅南先生指出教育现场中存在一个普遍问题：对于孩子们的成长，成人往往不是克制，而是急于求成。这种情况是什么呢？由于有可能在某种程度上加快孩子学习和成熟的速度，急于求成就变得很有诱惑力了。我们教育现场的鼓劲会、挑应战仪式、百日誓师等等不就是急于求成的表现吗？

范梅南先生指出：当孩子好像不知道怎样做时，当年轻人在一开始做的不对时，或者当学生做事慢得要命时，大人们会变得愤怒，想要去干预，去帮助，而孩子们可能应该或者可以自己处理好这个情况；或者大人们干脆代替孩子们去做，而这时孩子们可能确实需要自己去领悟、学习和实践。而正确的态度是，我们应该给予孩子们成长中的时间和空间。

那么，何时克制自己，何时忽略什么事，何时该等待，何时不去注意某件事，何时后退几步？这就需要我们领会。范梅南先生说，大人们对于这些机智的领会，对于孩子们的发展来说是一个十分珍贵的礼物。有时候需要直截了当，我们就不能置之不理。总是阻止自己直接参与，充分的让学生自己做决定，这样的"克制"也是不对的，它完全与孩子们脱离了教育学意义上的关系。

怎么陪着？关心地陪着，有耐心地陪着，引领的陪着。凡事考虑"孩子速度""孩子高度""孩子难度"，以"孩子标准"考量学生的成长。

开放理解"孩子体验"。换位思考，设身处地考虑孩子的感受。凡事总是先问一问：这个体验对于孩子来说是什么样的？范梅南先生通过威利这个滑板高手却恐惧黑暗的事例分析，提醒我们对孩子要保持开放性理解，尽管造成恐惧的客观原因是毫无根据的。

范梅南先生认为，对年幼的孩子保持开放性理解并不总是很容易的。他通过对劳里作文中的病态心理分析，提醒我们：对于孩子个性化的爱好和兴趣，要保持一种开放、支持和同情。

如果我们的班上出现了一个结交上一帮交了女朋友、在街头游荡的10岁孩子，我们会是什么感受呢？可能我们一听起来地球人的神经就会绷紧。或许我们会想方设法，去堵，去截，去限制。可是最终效果呢？可能于事无补，更可能变本加厉。遇上这样的孩子怎么办？范梅南先生通过汉克的事例分析，提醒父母必须与孩子保持一种开放的关系。多与孩子交谈，多去探索相互的感情，保持紧密的关系。尽可能鼓励孩子在家玩，花些时间与他一块儿玩，一块儿做些有趣的事儿。

范梅南先生说："对孩子的经历保持开放，意味着努力避免用一个标准的和传统的方式来处理情况。这里的思想开放意味着一个人试图从成人以外的角度来看待孩子的经历。"

这一部分出现一个重要的关键词就是开放。开放，就是化堵为疏。有时候，疏比一味地堵，要好的多。比如，学生手机进校园问题、学生谈恋爱问题等等，或许是令当下一些家长和老师头疼的问题。

这里我们就应该思考，学生手机进校园，学生谈恋爱，这些问题究竟有什么危害吗？这种危害是对于教师的危害、或者学校管理的危害，还是对学生自己和其他同学的危害？为什么学生会带手机进校园？为什么学生有了恋爱的需要？遇到这样的问题，这里的教育机智就表现为：对孩子的体验开放性理解——在一个互联网＋的背景下，我们要理解它的存在合理性；理解它的产生原因多样性，理解它的有利于学生成长进步的可能性。我们不要用一个标准看待所有学生，要有多元化评价，引导每一个学生做最好的自己，也就是一种教育机智的落地。

理性尊重"孩子主体"。一位老师随着班级人数增多，以前的耐心渐渐消减，开始用一种纯粹的管理方式看待和处理有着行为和学习缺陷的学生，开始用纪律来约束他，而不是多一些理解。针对部分学生厌学，对学习产生抱怨、质疑、诉苦，我们不能老实给出一些推卸责任的答案。而是要给以学生对课程的主观体验，努力帮助学生培养对学科学习的内在兴趣。

关于教和学的关系，特别赞成范梅南先生打的一个比喻：为了来学校学习新知识，学生需要跨过一些障碍，比如说，一条街，才能来到学校，或老师的身边。

遗憾的是，许多老师简单的期望学生能走到教师身边来。他们总是站在教室前面的讲台上，只顾自己的讲解。学生理解不理解，他们认为那是学生的事儿。如果没有理解，那就是学生笨！可是，这些老师没有想过，学生可能就是有困难、就是缺乏兴趣，或者就是不知道怎样才能跨过障碍来到教师身边。

这些老师总是以成人的思维看问题，他们似乎自己对课程的内容有一种观点、激情或者概念了，并且期望学生也有与他们一样的体验。但是，这些老师忘记了一个重要问题：学习始终是一件个人事件，每一个人得学习情况是不同的。

作为老师，我们必须清楚：孩子此刻在哪儿？孩子是怎样观察事物的？这个学生从他本身的角度遇到了什么样的困难，因而不能跨过街道走进学习的领域？老师应该站在孩子身边，帮助孩子认识到跨过去的地方，为孩子寻找有效的方式，帮助孩子顺利走到另一边来，走到这个另外的世界中来。

教师，要做学生"跨越障碍"的摆渡者，引路人。当学生出现障碍时，我们要主动走到他的身边去。这时候，唯有教师走进学生，教育学意向才能真正发生。

这就是教育机智。

第六辑　阅读

读书三境

为什么要读书？古今中外不少学者都有过不少名言警句做出了回答，也更有关于读书的价值意义方面的著书立说深度阐述，大凡想深层求知者可以寻找来进一步一探究竟。近些年来，我在古之先贤学者引领之下，正向着书海慢步走进，对读书有了自己的些许领悟。

众所周知，生长是生物的基本特征。人作为一种生物，也应具有生长的特性。一个人，唯有不断生长，才是一个完美健康的人生。那么，人怎么生长？与其他生物的生长不同的是，人是有思想和情感的动物，人的生长除了生物具有的生理生长之外，还应包括人独有的精神生长。生长需要营养，前者靠不断从食物中吸收，而后者的一个重要来源则是不断地从读书中吸取。

令人遗憾的是，当下家长中读书的人少之又少，有人用凤毛麟角一词形容，我看一点儿也不为过。据调查，全世界每年阅读书籍数量排名第一的是犹太民族，平均每人一年读书 64 本。而中国 13 亿人口，除去教科书，平均每人一年读书 1 本都不到。那么，如何改变这种读书现状，无疑要从我们每一个家长自身做起，从逼读开始，一步一步渐入佳境。

第一境：逼读——主动亲近书本。俗话说：兴趣是最好的老师。每一个人总是喜欢做自己喜欢的事情，有时候，哪怕有些事情做起来还存有很大难度，他们都会主动去寻求解决的办法，不达目的不罢休。多数人不读书，就是因为缺乏读书的兴趣。要培养读书兴趣，不能坐等观望，要主动作为；不能拒绝书本，要主动亲近书本。

我们小区有一位家长就做得很好。为了培养自己的读书兴趣，他将自己听说过的一些好书、好杂志，或借回来，或买回来，放在自己唾手可得的地方。比如沙发上放一些《读者》《家长》《青春期健康》等杂志；在床头柜上放一些《窗边的小豆豆》《教学机智》《教育漫话》等经典名著，在单位办公桌上，放一些《中国教育报·家庭周刊》《现代家庭教育》《中小学心理健康教育》等大报大刊。只要有一点点空闲时间，他就会拿起书来，从开始翻翻到驻眼看看，从挑读短章到精读全文，慢慢地，他走进了书本，迈出了读书生活的第一步。

第二境：恒读——养成阅读习惯。一个从来不拿书本的人，开始主动亲近书本了，无疑是迈出了可喜的一步。接下来的坚持，保持一颗恒心尤为重要。大多数人是"读书人"的过来人，但却不是真正的读书人。我们要带着一份遗憾和责任将那个本应属于读书人的自己努力找回，尽可能地弥补那些逝去的阅读岁月。无论心情好坏，无论工作忙闲，都要坚持自己的阅读计划。

办公室一位同事，一直坚持读书，好多年如一日。观察发现，他无论什么时候都要读书。心情好的时候，只见他读了一篇又一篇，或精读，或研读，还不时批注摘抄；心情不好的时候，他更是要阅读。用他自己的话说："读书可以消气，遇到心气不顺的时候，读着读着，心气儿就顺了，想不通的也想通了。"其实，他选择读书，一方面是通过文字转移了注意力，另一方面是与作者进行思想碰撞，抑或是引起了心灵共振。这等阅读之功效，正所谓：读书可以医愚、读书可以明理、读书可以博采、读书可以启智。这都是一个人坚持恒读才可能体悟得到的精神享受。

第三境：恋读——在享受中成长。凡是有过一段时间的阅读坚持的人，必将进入读书的第三重境界——恋读。他们骨质里已经喜欢上了读书，他们对读书的感受，就如谈恋爱那般一日不见，如隔三秋。他们中有些人或许读书成瘾，每每拿到一本好书，表现出一种如饥似渴之感，似有狼吞虎咽之势。这类人读书，何尝又不是一种享受呢？看他们读书的那个样儿，嗯，他们读起书来就像做一次深呼吸那般清新舒畅，那般沁人心脾。一本本书读下来，生活里有过的恩恩怨怨之情感纠结，读着读着，犹如明镜，豁然开朗；工作中产生的疙疙瘩瘩之思想困惑，读着读着，亮光四射，茅塞顿开。书籍成了他们过江的渡船，书籍成了他们远航的灯塔，书籍成了他们成长的阶梯。

知识是无限的，生命是有限的。如果你还算不上真正的读书人，请赶快拿起书本开始阅读之旅吧；如果您已经是一个读书人，请继续阅读在享受学习中幸福成长吧！

读书的日子

你读过书吗？

你真正读过书吗？

这个问题，很好回答又不好回答。事实上，不少人除了读课本，一生中没有真正读过书，这是一个不争的事实。当下，大多数人不愿读书，更为遗憾的是，作为知识分子的教师也不愿读书。所以，要撬动每一个人心中这块怕读书、厌读书、懒读书磐石，要营造一个浓浓的书香气息，我们首先要不拒绝书、主动接近书、慢慢爱上书，多方面培养读书的兴趣。

为让自己亲近书、爱上书、常读书，我坚持买书。我把自己花钱买回的书籍、杂志、报纸分成三类，取名为三位书：沙发书、床头书、案头书。

沙发书。沙发书，放在沙发上，信手拈来，翻开即可读。不读的人，也会撩起你想读书的痒痒劲儿。久而久之，读书就会入得门内与书为友。像《读者》《意林》《窗边的小豆豆》就是适合放在沙发上阅读的好书。

有些书籍也适合当下快餐阅读，有利于快速捕捉信息，及时把握时代脉搏。像《中国教师报》《中国教育报》等这些报纸类书籍就属于这种。在沙发上读报，一来不污染它物，二来展开时阅读起来方便，三来可以打发电视广告时间，两不误，双丰收。

床头书。思想性强的书籍，能引起深度思考，澄澈心灵，思想顿悟。像《教师博览》《师道》《思维与智慧》等杂志，像《论语》《读书是教师最好的修行》《让教育更明亮》《追风筝的人》等书籍，我把它归为"床头书"。每天睡前一读，成为习惯。读着读着，心灵敞亮，神清气爽，书梦两香。一觉醒来，脑洞大开，诸多困顿，大彻大悟。

案头书。有些研究性的书需要安静的环境，还需要随时记下感悟和与作者的对话。像《生物学教学》《中学生物教学》等专业学科杂志，它是我备课、反思、撰写学科论文必不可少的"指导老师"，自然成为我的"办公书"。像《论语》《给教师的建议》《静悄悄的革命》《教育是慢的艺术》等专著类书籍，阅读时需要充沛精力，需要宁静心境，同时也是为了批注和摘要的方便，则自然成了书房书。读着她，能营养神经，启迪思维，引起我去深度思考，在相关的教育现场中感悟提升。

"三位书"给我阅读方便，"三位书"让我与书为友。一日不见如隔三秋。读书多了，就会发现文章所写内容似曾相识，就会形成一种原来这就可以写的自信，就会产生一种模仿写作的冲动。端坐电脑前，趁热打铁，敲击键盘。敲着敲着，灵感就来了，洋洋洒洒，文章初成。投着投着，文字变成铅字，读书之乐又获写作之乐。

还记得，自己的文字第一次被刊登地级市报上，那是在二十多年前的大学生作品。步入讲台后，由于工作需要，我多是写新闻报道。第一篇文生活感悟文字是发在三峡日报的副刊。虽然那写都是千字以内的豆腐块，但它却给了自己后来拿起笔杆子莫大的鼓励。随着，那份写作热情的逐渐高涨，自己的文字见诸报端的机会多了起来。目前已在更大知名纸媒发表近 400 篇教育题材文章。

　　思考，实践，读书，写作，一个人的精神生活就不知不觉走向良性循环。那时候，我们的每一天都是新的，每一天都徜徉于读书写作享受的新世界里。

故事的力量

生活即教育，是陶行知生活教育理论的核心。在陶行知看来：生活教育是生活所原有，生活所自营，生活所必需的教育。教育的根本意义是生活之变化。生活无时不变，即生活无时不含有教育的意义。

那么，什么是生活？对于当下的青少年学生来说，每天除了吃喝、应考、睡觉、玩手机，他们还有其他生活可言吗？在当下学生的单调缩水的生活背景下，怎样才能培育出合格的时代新人？家长会上，众家长正在倾诉提醒教育后产生逆反，不知所措；办公室里，一些科任老师也渐渐萌生空口说教后收效甚微的无所适从。能否找到一个与时俱进、行之有效的教育新路径？答案自然是肯定的，那就是用故事育人。《杨振中讲中国智慧故事·男孩版》一书，就是新时期学校教育和家庭教育以故事育人、以智慧树人的最好蓝本。

作为社会性动物的人，必定离不开社会性素养。《杨振中讲中国智慧故事·男孩版》一书，遴选了古代智慧故事242则，它们分别从一个人立足于世的修身、齐家、治国、平天下等方面，阐释了做人的思想和处世的智慧。

《牧童指暇》《王戎识字》《区寄杀贼》展现的是少年的颖悟、才子的诙谐；《怀丙河中出铁牛》《张辽平息谋反》《耿纯平叛》则展现出工匠的技艺、沙场的谋略；《陈平轻取韩信》《冯谖为孟尝君买义》《商鞅立木建信》蕴涵了治国的韬略、为人的操守；《叶南岩息讼宁人》《吕蒙正不记人过》《管宁礼让》蕴涵着识人的明见与处事的原则；《纪晓岚释"老头子"》《秦使者不怕死》《韩信与汉高祖论将》表现出语言高手的巧舌如簧；《李惠拷打羊皮断案》《陈述古辨盗》《程颢识破骗局》隐含着断案行家的见微知著。一名小学生拥有这样一本《故事》自读文本，可以品味人物身上的故事，领悟故事中人物智慧。举一反三，触类旁通，穷则思变，以不变应万变。正所谓为自己扣好人生第一粒扣子。

此《故事》一书尤其适合有亲子共读习惯的家庭选择。无论是年轻的父母，还是爷爷奶奶，大可不必担心阅读的时间和内容难度问题。本书语言通俗、短小精悍的特点正是为小中老阅读群体"私人定制"。虽有个别人名地名生僻，著者以拼音注释附后即解决之。多数语篇仅有几十、百来个字，长的不过五六百字，读起来朗朗上口，三五分钟就能读完一个故事。既符合每日有计划地定时阅读，也适合忙里偷闲"见缝插针"式地碎片化阅读。

苏霍姆林斯基曾说：在教育过程中，儿童越是觉察不到教师的教育意图，教育效果就越好。我认为这条规律是教育艺术的核心。《故事》这本书虽是小学生读本，但从深刻的寓意和大多学生乐于接受的欢迎度看，也算得上中小学校老师立德树人不可多得的教科书。

当我们总是埋怨当下学生不爱思考时，适时针对性选读一篇《河中石兽上游觅》或《望梅止渴》，想必比那空口喊叫动脑筋想一想要强得多；当我们面对一些对读书的意义认识尚模糊，而不认真学习听讲、不按时完成作业的厌学孩子，班主任利用每日的晨会或夕会选读一篇《师旷劝学》《董遇论"三余"勤读》《萧何不贪金玉爱图书》，远比一味地呵斥和批评学生懒惰、不听话、不珍惜时间，更有发人深省、润物无声之效。

读故事书，悟故事理，做故事人。我们有理由相信，一个故事，一篇文章，一本好书，真能改变一个人，甚至成就一代人。

让孩子的未来更明亮

孩子，已不是那个孩子；学生，也不是那个学生！面对生在新时代，长在网络下的新生代，无论是家庭教育，还是学校教育都出现了前所未有的困惑。作为一名教师，也作为一名家长，正当我自觉不自觉地思考这一分内问题时，偶遇《让教育更明亮》一书。一时间，它为我打开了"向着光亮那方"的一扇窗口。

《让教育更明亮》是国内知名学者、特级教师常生龙先生独著的又一部教育力作。该书共 20 万字，分为《教育的目的》《育人的规律》《家庭的责任》《资源的整合》等四辑，由"新教育"倡导者、全国人大代表朱永新教授作序、长江文艺出版社出版。

学校，要培养什么样的学生；家长，想孩子成为什么样的人。这是一名教育者，包括教师和家长，都必须理性思考且贯穿于教育始终的问题。美国哲学家、教育家怀特海说："学生是有血有肉的人教育的目的是为了激发和引导他们的自我成长之路。美国教育家帕克也说："一切教育的真正目的是人，即人的身体，思想和灵魂的和谐发展。"无论是教师，家长，抑或全社会，只有在理性认识教育的目的之后，才能真正对《养成良好的习惯》《培养批判性思维》《为生活而学》有着明晰的、以人为本的生涯规划教育。

教书，怎么教？育人，又怎么育？陶行知先生说："人像树木一样，要使他们尽量长上去，不能勉强都长得一样高，应当是立脚点上求平等，于出头处谋自由。"常生龙老师根据自己多年的一线教学经验和他多年对教育教学的研究，通过简易通俗的《心理学的基本理论》引领分析，帮助家长和教师读者认识和把握《生命的节奏》和《不同学段学生的特点》，从而探索出适合自己的教育教学规律。书中的案例和论述，无不表现作者对教育现实的冷静观察，以及着眼于未来发展的理性思考。

教育是立德树人的事业。立德树人，谁来立德，怎么树人？一个家庭，在对孩子的教育上，究竟应当承担哪些责任？家长应该怎么做才有利于孩子成长？除了说服教育，家长的哪些行为对孩子们起着教育作用？

法国思想家卢俊说："人的教育是在他出生的时候就开始了，在他不会说话和听别人说话以前，他已经就受到教育了。"面对家长的困惑，常生龙先生提醒家长：不要以为只有同孩子谈话和教导孩子、吩咐孩子时才是在教育孩子。在家长生活的每一瞬间，甚至当家长不在家的时候，都是在教育孩子。家长怎样穿衣，怎样跟别人说话，怎样表示欢欣和不快，怎样对待朋友和仇敌，怎样笑，怎样读书看报…所有的一切，对孩子都有很大的教育意义。《家长的责任》从把握生长特点、创设良好的环境、全力陪伴、父母的教养方式、明细自身的责任、学会自我管理等方面，给予家长尤其是年轻家长以思想启迪和智慧引领。

让教育更明亮，不仅仅是家庭教育的明亮，还在于学校教育的明亮、社会教育的明亮。本书第四第四辑从《教育转型的挑战与机遇》《学校教育资源的供给》《家长资源的开发和利用》等方面，用事例与事理相结合，分析阐释学校、家庭教育及社会教育的关系，倡导教师、家长及全社会行动起来，共同整合教育资源，关心中小学生的学习课程建设。

天高云淡的日子里，蔚蓝的天空通透明亮，总是让人心旷神怡。如果教育也是这样良好的生态氛围，生活在其中的每一个人，又是多么舒适和惬意。让教育更明亮，于家庭，于民族，于国家，都是有较强的现实意义和远景意义的。这也正是此书的贡献所在。

因为爱，所以坚持

人活着究竟为了什么？一个患上不治之症的人，应该像红梅一样迎风绽放，还是如夏花一样碎玉凋零？读书日那天，我有幸从一本名为《因为爱，所以坚持》的书籍中找到了答案。

《因为爱，所以坚持》是光明日报出版社最近出版的一本新书。它是中国第一部由中国渐冻人自我书写的书，出版目的在于分享渐冻人与疾病抗争的心路历程、对人生的领悟、对生命的反思等，让更多人了解、关注渐冻人群体，从这个群体的不为人知的生活中感悟人生。

该书由渐冻人葛敏主编，320页，28万字，收录患者、家属及医生的感悟文字70篇。分为《命运重锤下的艰难悲伤》《因为爱，所以坚持》等七个专辑。装帧精美，内容精彩。从封面、纸质、印张及编排的大气风格，足见著者及出版方对弘扬抗病文化的态度之厚重。诚如发布者所言：这是一本厚重的书！

渐冻症，被誉为目前全世界三大绝症之一。一般情况下，患者寿命仅有三到五年。有手难握，有腿难行，有口难言，有牙难嚼，有痰难吐，有痒难抓，有面难表，"七有七难"成为他们生活缩影。呼吸机、制氧机、吸痰器、轮椅，是他们不得不依随的活命伙伴儿。

"冰语阁"的病友们克服了常人难以想象的困难。她们用心血熔铸文字诠释抗冻精神，用顽强的意志坚强活着——为自己活着，为家人活着，为这个世界活着。尽管，活得吃力，甚至还令人悲怆。

葛敏是抗冻勇士中的代表。2016年，作为中国人民大学附属中学舞蹈教师，她被确诊后，没有倒下，而是携手战友共建"冰语阁"公众号。此后的她，忘记了自己是渐冻人，想到的是，尽己所能帮助更多的病友战胜自己，坚持，坚持活下来。

英国哲学家托马斯·布朗说："你无法延长生命的长度，却可以把握它的宽度。""冰语阁人"不仅在拓展生命的宽度，而且创造了一个又一个延长生命长度的奇迹。现如今，她们中最短的已扛过2年，最长的已扛过7年，奇迹还在继续！

"冰语阁人"或许不是生活的智者，但她们却追求着生活的智慧。活一天、赚一天，活一年、赚三百六十五日。就是靠着这种智慧，活在当下，赢在当下。在本书辑录的70篇文章中，我们读到了残缺的身体探寻生命真谛的意义，读到了难忍的病痛下，体验传达出的人生快意。

因为爱，所以坚持。生活，从来都是美好的，如果我们感觉不到，只是因为我们没有用心去体验。阅读这本书，品味作者的思想情感，更感受一个渐冻群体的抗冻精神。发现美好，享受美好，传递美好，进而创造更多人生美好。这正是传播这本书的价值，无论于著者、出版者、抑或是更多的读者。

教师的双翼

办公室里，每当谈到阅读、写作话题时，一些同事无不发出感慨。言语中，有无奈，也似有理直气壮。是啊，我本来想读书，但我就是读不进去；我也想写作，但我就是写不出来啊！

走进当下大多数教师的日常生活，我们不难发现，事实并非如此，有的甚至还有些自欺欺人，难以自圆其说！我说这话是有根据的。不信的话，请回答几个问题。

世上有没有生下来就会写作的人？答案或许不能肯定。总说不会写，请说说自己是如何研究学习写作的？订阅过一份教育报刊吗？即使没有订阅也不要紧，那么收集过几期学校订阅的报刊？拿到一份教育报刊，认认真真、完完整整、反反复复读过几篇文章？遇到一篇好文章，有没有过剪辑、粘贴、珍藏再阅读？读过一篇似曾相识的文字后，出现过眼馋、心动、手痒的跃跃欲试的冲动吗？这一个问题串似乎有些咄咄逼人，但它所测试出来的是一个教师的阅读和写作的态度，甚至是他的人生态度。

比上不足，笔者自认是一个爱好阅读和写作的教师。哪怕至今没能写出多少有深度的文字，至少，也算是"晚成熟"的阅读和写作的积极分子。还记得90年代中期，自己刚参加工作，仅有270元钱的工资，但丝毫没有找任何借口拒绝阅读和写作。每年里，除自费订阅一本生物专业杂志外，学校订阅的报刊，或借，或要，能弄到手的，几乎都成为自己阅读饥渴的囊中之物。

那时候，每读到一篇好文章，总有一丝丝心动。再看看作者的署名单位，跟自己一样属于草根教师一枚，于是倍添了几分眼馋，还暗暗手痒。发誓有朝一日自己也要写出来变成眼前的铅字。于是乎，伴有一种先占为己有的冲动，迅即找来剪刀、胶水，把心仪的文字从报刊上剪下来，贴在一个专门的笔记本上，悄悄作为依葫芦画瓢的写作老师。

至今，我的书柜里还保留有好几本已经开始泛黄的剪贴本，那上面有生活美文，有教育随笔，有新闻通讯等，记录着我的写作成长历程。也正是这些未曾谋面的老师，指导我阅读写作到今天。每一年，订阅季来临，我都要花几十百来元订一本心仪的报刊作为下一年的精神食粮储备；每一期订阅刊到来、如饥似渴，如获至宝。自费订阅的报刊有《生物学教学》《教师博览》《师道》，一直坚持收集的报刊有《人民教育》《中国教师报》《湖北教育》等等。

随着网络快速走进人们生活，如今像我等之类书痴已经渐行渐少了。当下较为普遍的一种现象是，在一些中小学校里，恰恰是引领教师阅读和写作的报刊，已经遗憾地被一些老师同人纷纷忘却。更可惜的是，有的报纸，刚分发下来尚未打开就被扔进了废纸堆里。

垃圾是放错地方的资源。殊不知，这些废纸堆里面却有很多有价值的文字就来源于接地气的教育场域。而那些文章的作者们，正是在完成教学目标的同时，把他们自己的课堂变成了教育写作的试验田。如果哪位教师有心的话，可以从那一篇篇论文、随笔和叙事中，领略到作者的教育思想和教育智慧。阅读那些作者的文字，可以窥见一个令人羡慕的秘密：原来这些作者就是这样从思考—实践—写作，到再思考—再实践—再写作，一步一步成长为当地乃至全国小有名气的优秀教师的。

阅读和写作是教师专业成长的一对翅膀。阅读引领写作，写作推动阅读。阅读中能感悟写作素材，能汲取写作营养精华；写作中能发现阅读需求，能妙用阅读来做理论支撑。

曾有过这种体会，在某报刊上读到一篇好文章，随即体内分泌一种荷尔蒙，顿生一种提笔写作的冲动。写着，读着，读着，写着。偶尔有一天，发现自己亲手"仿制"出来的文字发表了，那种喜悦之情会让人兴奋好一阵子，写作和阅读的热情分外高涨。也正是这份热情，促使着自己更加深入的阅读，反思，实践，写作。就这样，一篇篇文字又见诸报刊，教师专业发展就一天天走向成熟，一名优秀教师也就这样通往绿色成长之路。

一个成语的背后

　　生物会考虽然过去了数月，但它给我这个"生物人"留下了一个终生难忘的故事。故事还得从那个"蒙人"的成语望梅止渴说起。

　　那一年 A 市初中毕业生学业考试生物学试题第 12 题是一个 2 分的单选题。题目是这样表述的：下列反射中，属于人类特有的是：A.谈虎色变 B.排尿反射 C.膝跳反射 D.望梅止渴

　　考完那天，傍晚十分，生物圈圈 QQ 群里开始热闹起来。议论的主题是今年试题的难度。有老师提出一个新发现："老师们，第 12 题怎么选，感觉有两个答案似的？"

　　"是呢，谈虎色变是人类特有的对语言文字做出的反应，但是望梅止渴不也是人类特有的反射吗？这可是课本上给出的例子哦！"

　　"望梅止渴怎么是人类特有的，难道动物就不会形成望梅止渴的反射吗？我感觉课本上的例子放在那里有问题！"

　　"是啊，动物吃过酸梅以后，再次看到梅，不也会分泌唾液——望梅止渴吗？"

沉默，一时间，QQ群一阵沉默。

"对，望就是看啊，望梅止渴就是看梅止渴。"那时候，也许是出于自身科班出身对于生物专业知识的自信，也许是一向自认为对初中生物有一定研究吧，反正不知道出于什么力量，我居然脱口而出。

本以为得到群里更多的支持者，没想到一位老师一针见血的指出了我这种理解的错误。

"望梅止渴不等于看梅止渴！"隔着时空似乎听得出，语气是那般的肯定。

他接着解释道：望梅止渴是曹操虚构的一个故事。故事，当然只有人才能听得懂。所以，教科书上才把它作为人特有的对语言文字做出反应的例子。

在大家一个接一个的"大拇指"点赞中，他进一步指出：望梅止渴成语中的望，类似望子成龙的望，应该是盼望、希望、想到的意思。

顿时，群里一片寂然。这种沉寂有对这位老师给出答案的满意，也有对我等对于传统文化无知者的唏嘘。作为一名"失败者"，到这里，我不能止于暗暗地流着冷汗。我一定要把这个成语故事弄个水落石出。

暗暗地，我寻求着救星。经过查阅相关历史书籍，结合百度观点，反复比较、确证，我发现，我——彻底的败了。

原来，望梅止渴是一个成语典故，来源于南朝宋刘义庆《世说新语·假谲》。书中有这样的表述：魏武行役，失汲道，三军皆渴，乃令曰："前有大梅林，饶子，甘酸可以解渴。"士卒闻之，口皆出水，乘此得及前源。

很显然，今年的这个单选题目确实出现选材的失误。不言而喻，命题教师在出题时想的过于简单了些，他们或许跟我一样一直误解了望梅止渴的文化内涵。

教训，这个教训于我而言是深刻的。虽然，不会因为这个选材错误，就被他人给出个没文化的指责来，但是，这件事留给我这样的学科教师深思反省的问题是不可忽视的：老师啊，中国传统文化博大精深，文化学习没有止境啊！

不妨试着再反省一下，我们每一个人身上又岂止望梅止渴故事之类的文化缺失？这让我想起了自己负责的学生资助工作。这项工作每学期要开展一次认定，申请过程中需要学生和家长提交户口簿。每到这时候，只要我们稍微留意一下，就会听到一些家长把"户口簿"说成"户口薄"，还不止一个两个。对于一个不是从事文字专门工作的普通家长来说，读错字自然不是什么稀奇事儿，但在一些学科教师甚至是语文老师身上出现错读，不能不说这是一个遗憾，一个大大的遗憾！

常见字频频出错，问题出在哪里？思考发现，出错者大都犯了不问究竟、人云亦云、草率处事的毛病。其实，学习有时候就是举手之劳的事，拿不准的字、弄不清的问题，完全可以问，问字典，问百度，问身边人。可惜这样的具有空杯心态的人太少，像我等自以为是的半罐子是不是太多了？试看当下，有的人一天到晚玩手机，可真正发挥手机作用的时候，他们又忘了手机还能干许多查询之用的"正事"。感觉好笑的是，有时候我也充当文化人。每次遇到对方说出"户口薄"时，我就会重复一遍"户口簿"予以无意识纠正。唯恐对方难堪，毕竟，每个人都会有面子观念。

参加教学培训活动时，课改研究专家经常告诫我们要走进教材，吃透教材，再走出教材。纵观当下的教育教学现场，类似我等未能吃透教材、片面理解教材，甚至错误处理教材的同行们还不在少数。他们自认为对于眼前这本字数不多的新教材的把握不在话下，长期以来一直停留在肤浅认识水平上却不知道，很少有人去深入细致钻研问个究竟，或思考课程与教材的关系，或领会教材编者的意图，或发现章节中版块设计的作用。他们依然抱着老教材那一套陈旧方式方法不舍得放下。在一个知识爆炸的时代，还一味地只顾着知识传授，一门心思地只关心考点。明明知道新教材句句含金，字字珠玑，却依然采取沙里淘金，断章取义的教学办法。

再看一些教师的新授课上，为了所谓的高效课堂，为了所谓的教学质量，他们每天给学生煮着一道道"快餐"——快速抓住考点，快速掌握技巧，快速提高成绩……他们大多时候采取的教学方法是，让学生勾重点、读重点，然后背重点。如此授课，完成率着实高，一堂课一个章节内容。有时候，一堂课上还能赶出好几节课时的内容。试问：这是教学吗？这是循着课程"跑道"在落实教学目标吗？

不能忘了那句职业古训：师者，所以传道、授业、解惑者也。作为一名教师，固然不可能把这个世界的所有知识、全部文化都一股脑儿的装在自己的脑子里，但是，我们选择了教师这一行，我们要时刻保持一桶水，一桶常换常新的水。

新时期学高为师的职业门槛要求我们要具备区别于其他行业者的核心素养，那就是教师要有一定的终身学习力。要记住终身学习是中小学教师的职业需求。在遇到疑问、未知、拿捏不准的疑问时，教师要有主动求解、追求甚解的精神、品质和责任。

有讲究的生活达人

50 天减 50 斤，这会不会是一句哄人的鬼话？要不然，就一定是搞一种什么魔鬼训练，至少吧，是一种特别需要吃苦的那种！一谈到减肥，胖友们就表现出一脸的无奈。言语中有焦虑，更有一丝丝恐惧。尤其有人最怕提到一个关键词：坚持。在他们的内心深处，最渴望的一件事是，寻得一本放之四海而皆准的轻松减肥秘笈。

那么，世上究竟有没有这样的既不影响健康又能轻松减肥的万能秘笈呢？最近，我有幸读到这样一本名为《50 天减 50 斤：减肥达人张长青陪你健康瘦下来》的减肥指导书。可以负责任地说，这是我目前阅读到的知识最系统、操作最便捷、方法最科学的减肥指导书。

《50 天减 50 斤：减肥达人张长青陪你健康瘦下来》一书，是减肥达人张长青的新著，由广东旅游出版社最新出版。全书共 139 千字，分为减肥的事前准备、50 天打卡逆袭人生、4 个独家瘦身小锦囊等三个部分。四色印刷，包装精美，尤其是内容系作者亲身实践的所得所悟，系家庭收藏和送给亲朋好友的不二选择。

张长青，算得上一位公知人物，至少在减肥界，无人不知。他曾接受过中央电视台、北京卫视、江苏卫视、湖南卫视等多家电视台采访。现场操作时，其减肥理念和减肥策略受到包括柳岩、柴静、董明珠、朱讯等众多明星朋友的广泛赞誉。

其实，说起减肥，胖友们无一不知减肥的关键是四个字：少吃多动。但问题是，何谓少吃？什么东西什么时候可以少吃？一味地少吃会不会影响健康？何谓多动？哪些项目要多动？多动到多大频率多长时间运动量？他们没能认真深入的思考，当然也更没有科学合理地落实到行动中。

这就是众多胖友总是没能走出决心减肥－实施减肥－放弃减肥的恶性循环的根本原因。弄清楚这一点恰恰是决定一个人减肥成功的关键。《50天减50斤》一书中，作者张长青根据亲身体验，通过"减肥小贴士"办法，巧妙地将胖友们减肥实践中可能遇到的想到的50个问题分配到50天里，通过数据分析、食材功用介绍、温馨提示等通俗易懂的说理方法，一日一个减肥小贴士，给予点对点地指导和应答。将心比心，以心换心，激起更多胖友读者思想、情感和意志上的共鸣。

任何行动，成功的秘诀在于坚持。但是一提到坚持，有部分胖友就感觉头疼，要么因为目标太大，要么感觉信心不足。这本书中，作者巧妙地将减肥的大目标化解为一天一个的小目标。"减肥打卡第N天"将起床入睡的时间及体重、三餐的饮食品种及总摄入量、运动项目及总消耗量等一天的活动内容，以打卡表形式呈现在眼前，清晰直观的激励，让参与减肥的人每日都能"看得见"自己的成功。与其说这是一本减肥指导书，我更觉得这是一本培养个人"生活讲究"的书。

比如早上吃煎包一个，中午吃米饭150克、青菜30克、瘦肉50克、毛豆15粒，等等，都可以打卡记录下来。每一张卡片还设有"今日心得"和"长青有话说"，胖友读者可以隔空穿越，与指导老师对话交流，进行思想碰撞。

肥胖并非不可战胜，衷心希望胖友读者能把肥胖变成永远的记忆。人生难免经历风雨，但风雨之后便是绚丽的彩虹。胖友读者阅读体验《50天减50斤》这本书，可以成功实现自己的减肥塑身梦想。非胖友读者阅读《50天减肥50斤》这本书，可以让生活多一些讲究——不仅可以了解食材功用、讲究健康饮食、讲究科学运动，还可以学到一些数学公式计算方法，了解自己的体重指数、身体质量指数、基础代谢率等指标的科学匹配，讲究生活的方方面面，做一个有生活理性、有生活讲究的"生活达人"。